DE L'AMAZONE

Collection A.-L. GUYOT, 51, Rue Monsieur-le-Prince PARIS
Centimes — Algérie, Colonies et Étranger : 25 Centimes (Port en

555

LE TOUR DU MONDE EN AUTO

H. DE GRAFFIGNY

LE
TOUR DU MONDE
En Auto

TOME TROISIÈME

PARIS

Collection A.-L. GUYOT

51, rue Monsieur-le-Prince, 51

Le Tour du Monde en Auto

CHAPITRE XVI

AIGREFIN ET ARRIVISTE

Pour expliquer la scène qui vient d'être décrite, et au cours de laquelle les chauffeurs avaient été terrassés par une horde de sauvages, embusqués derrière un tronc d'arbre abattu en travers de la route que *Passe-Partout* devait de toute nécessité suivre pour arriver au Mexique, force nous est de revenir quelque peu en arrière afin de retrouver d'autres personnages de notre récit que l'on n'a sans doute pas oubliés : le pseudo-baron Le Rosay et son thuriféraire habituel, l'ancien agent d'affaires Moirier.

Nous avons vu que, dans la dépêche reçue par Chavail à Irkoutsk, on annonçait le départ dudit baron pour une destination inconnue.

Une conversation tenue dans le coquet entre-sol habité par Le Rosay, un peu plus d'un mois après le départ de l'automobile pour son voya-

ge autour du monde, nous édifiera sur les causes de ce voyage et son but réel.

— Ainsi donc, interrogeait obséquieusement
Moirier, vous n'êtes pas satisfait, monsieur le
baron ?...

— C'est-à-dire, riposta celui-ci, tout en se
promenant de long en large avec un air fié-
vreux, que c'était reculer pour mieux sauter !...

— Quoi ! votre mariage avec Mlle de Puy-
Mirande ?...

— Reculé aux calendes grecques, ou tout au
moins jusqu'au retour de cet écervelé parti
pour faire le tour du monde !

— Je ne comprends pas bien !

— La chose est simple, cependant. Je suis
officiellement agréé par le comte de Puy-Mirande, mais sa fille a demandé un délai de quatre mois avant les fiançailles définitives, et il
n'est pas difficile de deviner le motif de ce délai : elle veut, sans aucun doute, essayer encore de fléchir son père si de Chavail revient
vainqueur, ou tenter une dernière démarche
en sa faveur dans le cas contraire. Je ne suis ni
un niais ni un fat et je ne me dissimule pas
qu'après fait quelque impression sur l'imagination de cette jeune fille, elle s'est ressaisie, et
que cette impression s'est effacée.

— Ainsi, monsieur le baron, vous n'êtes pas
plus avancé qu'il y a trois mois, au moment où
ce jeune fou a fait ce pari extravagant à la soirée de l'*Auto-Club* ?...

— Si, beaucoup plus avancé.... mais du mauvais côté. J'avais, à ce moment, quelque espoir
de parvenir à mon but, et le riche mariage, qui
en sauve bien d'autres, m'eût évité le naufrage. J'ai lutté ; j'avais comme atout le père, que
j'étais parvenu à mettre dans mes intérêts, et

je comptais, de même, amadouer peu à peu cette rétive héritière. Mais cette résistance prolongée a ruiné tous mes calculs. J'ai cependant patienté, et, ce qui était bien moins facile, fait patienter la meute de créanciers hurlant à mes chausses. J'ai usé de tous les expédients et délais, enfin de tous les moyens possibles pour me maintenir à flot et gagner du temps. Mais je me suis vainement usé à cette lutte, et n'ai plus à me leurrer d'espoirs vains. Une marée de papier timbré menace de me submerger : il ne m'est plus possible de louvoyer plus longtemps. Je suis un homme à la mer !...

Le baron avait débité cette tirade avec une agitation croissante. Il conclut avec un rire qui sonna faux :

— Enfin, il faut bien en finir d'une façon ou d'une autre, et dire adieu à la grande vie à laquelle je me croyais cependant appelé.

— Que comptez-vous faire, alors ? hasarda l'homme d'affaires.

— Que vous importe ? Je ne puis plus compter sur personne pour me dégager de ce mauvais pas. Je n'ai pas été le plus fort dans cette terrible lutte pour la vie ; je suis à bout et n'ai plus qu'à disparaître pour laisser la place à plus habiles que moi. Je me résigne donc et ne me plains pas. Tant pis pour les vaincus !...

Pendant que le viveur parlait, son interlocuteur paraissait en proie à une visible irrésolution.

— Ainsi donc, vous êtes perdu, monsieur le baron, fit-il encore.

— Combien de fois devrai-je encore vous le répéter ?

— Eh bien, si, cette fois encore, je venais à votre aide pour vous permettre de sortir d'embarras ?...

Le Rosay eut un sourire amer.

— Il est trop tard, mon brave Moirier. La chose vous serait aussi impossible qu'à moi d'aller décrocher la lune.

— Voulez-vous m'écouter un instant ?... Peut-être existe-t-il cependant un moyen de vous tirer d'affaire, malgré tout. Vous savez qu'à l'occasion je ne manque pas d'idées ?

— Parlez, bien que je doute fort de l'efficacité d'un expédient quelconque dans la situation où je me trouve.

L'ancien homme d'affaires se recueillit un instant.

— Il résulte de tout ce que vous avez bien voulu me dire, fit-il enfin, qu'en réalité, le seul obstacle qui vous empêche d'arriver à la réalisation de vos espérances matrimoniales réside dans votre situation obérée, qui ne vous permet pas d'attendre plus longtemps une heureuse solution. D'autre part, il se peut faire, malgré tout, que votre rival, dont le souvenir gardé par la jeune fille me paraît être le principal obstacle à un arrangement plus prompt, revienne cependant, vainqueur ou non, de ses pérégrinations, et c'est là le véritable danger, car, dans le premier cas surtout, il n'est pas impossible qu'il parvienne à fléchir la volonté du comte de Puy-Mirande, et vous êtes alors définitivement évincé.

— Et vous concluez de tout cela ? dit le baron d'un ton légèrement moqueur.

— Je conclus que, si vous voulez arriver à vos fins, il faut prendre une résolution énergique et empêcher votre rival de reparaître, surtout avec l'auréole du triomphe.

— Quoi ! vous voudriez que j'assassine ce jeune homme ?...

— Qui parle de l'assassiner ?... Je ne suis pas

un homme cruel, et je sais bien que vous n'êtes pas non plus un tigre altéré de sang. Mais, le long d'un ruban de route de dix mille lieues, il peut surgir bien des incidents. Dans nos pays qui sont les plus civilisés du monde, à Paris, même, il ne se passe pas de jour que l'on ne compte plusieurs accidents d'automobiles ; quoi d'extraordinaire qu'il survienne quelque anicroche à une voiture isolée traversant les contrées les plus sauvages et exposée, par suite, à tous les dangers. Le surprenant serait plutôt s'il n'arrivait rien de fâcheux au comte de Chavail durant le parcours que lui impose son ridicule pari. Je dis donc simplement que, dans votre intérêt, il faut qu'un accident quelconque mette fin à la tentative insensée de ce jeune homme.

— Et si cet accident ne se produit pas, et que le comte de Chavail parvienne à surmonter toutes les difficultés de son entreprise ?...

— Dans ce cas, il faut aider au hasard pour que l'accident arrive et vous débarrasse d'un rival dangereux. Comme dit le proverbe : aide-toi, le ciel t'aidera !...

— Très joli, comme combinaison machiavélique, ricana Le Rosay. Chavail une fois envoyé *ad patres* ne me gênera certes plus et j'aurai le champ libre pour mener à bien ma combinaison. Mais il y a, pour la réalisation de ce projet macabre, une toute petite difficulté...

— Et laquelle donc, monsieur le baron ?...

— Celle que je vous ai exposée dès le commencement. Je suis à bout de ressources, et dans l'impossibilité matérielle absolue d'attendre le retour en France de l'automobile pour tâter de cette idée.

— Ainsi donc, interrogea Moirier, dans les yeux de qui brilla une lueur subite, vous ne

verriez pas d'inconvénient à suivre mon conseil ?...

— Tuer le comte de Chavail ?... Jamais, je
le répète. Mais par exemple, disposer un cail-
lou bien placé sur le trajet de sa voiture pour
mettre celle-ci hors de service et l'empêcher
de revenir à Paris, oui, à cela je me résoudrais.
Par malheur, je ne puis attendre pour cela qu'il
soit revenu dans nos contrées.

— Si nous allions alors au-devant de lui, in-
sinua l'homme d'affaires d'un ton doucereux.

— C'est une idée, mais irréalisable pour les
causes déjà expliquées.

Moirier, qui s'était assis pendant cette conversation, se redressa et repoussa sa chaise.

— Si vous le voulez, monsieur le baron, je
me charge des frais que nécessitera cette opération :

— Vous ! fit en éclatant de rire Le Rosay.
Vous êtes donc devenu subitement million-
naire ?...

— Certes non ! mais j'ai pu faire fructifier
par d'heureux placements, quelques fonds qui
me sont rentrés ces temps derniers, et je m'offre à vous commanditer jusqu'à l'heure de votre mariage avec Mlle de Puy-Mirande, qui se
fera certainement, si vous voulez bien me faire
l'honneur de suivre mes avis.

Le baron parut ébranlé devant cette affirmation.

— Vous avez la confiance robuste, mon brave Moirier.

— J'ai foi en votre étoile, monsieur le baron.
Un peu d'énergie, de décision, et l'avenir est
à vous. Signez-moi simplement cette petite
promesse de remboursement de mes avances et
de leurs intérêts, payables le surlendemain de

votre union avec la jeune vicomtesse, et partons !

Le jeune homme paraissait indécis. Enfin il prit son parti et monologua en *a parte* :

— Au diable, après tout ! Demain on saisit mon mobilier et je suis jeté sans ressources sur le pavé ; je n'ai donc plus rien à risquer, et autant me confier aux inspirations de ce maître coquin qu'est décidément le sieur Moirier. Il est bien capable de mener, si ardue qu'elle me paraisse, l'entreprise à bonne fin et m'aider à conduire Germaine de Puy-Mirande au pied des autels !

Il releva la tête.

— Eh bien ! interrogea l'aigrefin, que décidez-vous, monsieur le baron ?...

— Eh bien ! j'accepte votre offre désintéressée. Donnez-moi votre papier que je le signe ! Et nous partirons quand vous voudrez ! j'aime autant changer d'air et oublier un moment que j'ai une armée de créanciers rapaces à mes trousses.

La figure de l'aigrefin s'éclaira d'un large sourire, voyant l'affaire qu'il avait menée avec tant d'astuce enfin conclue, et l'homme à sa merci.

— Voyez-vous, monsieur le baron, déclara-t-il sans se départir de son apparente humilité, il faut souvent savoir forcer la chance à être favorable, si l'on veut réussir, et mettre sous ses pieds les sots préjugés. Le succès est à ce prix, et l'on ne demande jamais à celui qui a réussi quels moyens il a employés pour se débarrasser de ses concurrents !

La morale de l'ancien homme d'affaires était, comme on peut en juger, assez élastique, et l'on comprend qu'avec de semblables principes il

ne devait guère s'embarrasser de sentiments
d'honnêteté dans la vie courante. Et si la peur
des gendarmes, — qui est le commencement de
la sagesse pour les fourbes, — ne l'eût quelque
que peu retenu, ses méfaits auraient été innombrables. Mais l'occasion ne s'était pas encore présentée pour lui de réaliser la brillante affaire, et s'approprier une fortune d'un
seul coup. En attendant, il râflait ce qu'il pouvait. Peut-être le mariage du baron, machiné
par lui, réalisé grâce à ses efforts, serait la
brillante affaire rêvée ?... Enfin on n'avait rien
sans peine sur cette terre, et le rétors personnage était prêt à payer de sa personne et
de son argent, — acquis évidemment par d'autres rapines, — pour atteindre son but.

De son côté, le pseudo-baron, acculé à la
misère ou au suicide par ses folies, sa vie de
dissipation et de plaisir, trouvait dans l'offre de l'aigrefin un moyen de continuer son
existence de désœuvré et de grand seigneur, et
il était décidé, dans son for intérieur, aux pires compromissions pour se maintenir et continuer à briller comme un astre de première
grandeur dans le monde de viveurs qui était
le sien depuis plusieurs années, et qu'il ne voulait quitter que contraint et forcé.

En conséquence de la détermination qui venait d'être prise d'empêcher le retour en Europe de l'automobile, l'ancien homme d'affaires,
usurier à ses heures, résolut donc d'aller au-devant de *Passe-Partout* et de lui couper la route
en un point quelconque de son trajet où il pourrait mettre à exécution ses petites combinai-
sons louches. Il connaissait, comme tout le
monde du reste, les grandes lignes de l'itinéraire adopté par le comte de Chavail pour son

voyage, et put étudier le point où il serait le plus aisé de le joindre.

— Puisqu'il doit traverser toute l'Amérique du Nord jusqu'à l'équateur, la première chose à faire, songea judicieusement l'aigrefin, c'est d'aller en Amérique !

Et après avoir encore réfléchi :

— Il faut même descendre assez au sud, à mon avis, pour rejoindre à temps ce beau parieur.

Le résultat de ces réflexions fut que, le surlendemain 12 mars, Moirier accompagné de Le Rosay, prenait le train à la gare du quai d'Orsay à destination de Bordeaux-Pauillac, où il savait trouver en partance pour les Antilles et la Havane, un paquebot de la Compagnie des Chargeurs-Réunis, le *Ténériffe*.

Les deux hommes s'installèrent dans une confortable cabine de première classe, et l'usurier consacra les loisirs de douze jours de mer à combiner toutes les variétés possibles de moyens infaillibles permettant de supprimer l'automobile et, par surcroît, son conducteur.

— Le Chavail disparu, nous rentrons tranquillement en France et, en *arrosant* un peu les plus exaspérés, je ferai patienter la meute qui poursuit ce brave garçon, jusqu'au jour où il sera mis en possession des millions de la vicomtesse de Puy-Mirande. L'obstacle disparu, la chose va toute seule. La jeune fille devra bien se résigner à contenter la volonté de son père, puisqu'elle n'aura plus à compter sur son prétendant !...

Mais, pour que ce plan pût réussir, et les choses avoir la conclusion espérée, il fallait bien aider au hasard, sans quoi, si ce damné Chavail ne s'était pas perdu dans les neiges de la Sibérie ou englouti dans les glaces de la mer de Behring, il pouvait se représenter et faire rater cette belle combinaison.

Le *Ténériffe* avait mouillé ses ancres dans le port de la Havane le 22 mars à minuit, après avoir fait escale aux Petites-Antilles. Le surlendemain, les deux associés se rembarquaient à bord d'un petit vapeur faisant le service de la côte américaine, et le même soir ils couchaient dans un *Palace-Hotel* de la Nouvelle-Orléans.

— Nous n'avons plus, maintenant, qu'à attendre d'avoir des nouvelles de ce qu'a pu devenir, depuis bientôt deux mois qu'elle a quitté Paris, cette maudite auto ! dit Moirier à son compagnon.

Ces nouvelles ne devaient pas tarder.

A la suite de la communication sensationnelle de l'arrivée de *Passe-Partout* dans l'Alaska câblée aux agences de New-York par le correspondant du *Dawson-Advertiser*, tous les journaux de l'Union publièrent dès le 29 mars des articles consacrés à cette nouvelle. Moirier connaissait à fond la langue anglaise, ayant séjourné, à une certaine époque de son existence, plusieurs années à Londres, aussi suivait-il avidement les diverses publications locales à mesure de leur arrivée. Il commençait déjà à apprécier à sa manière le silence des journaux, et se réjouissait en songeant que, probablement, le hardi sportsman qu'était le comte de Chavail avait trouvé la mort au cours de sa téméraire tentative de franchir le détroit séparant l'Amérique de l'Asie, quand l'annonce de son arrivée au Klondike le surprit désagréablement.

— Allons, dit-il, le moment est venu de

mettre quelques bâtons dans les roues de cette auto du diable, si nous voulons arriver à nos fins !

— Que comptez-vous faire ? demanda le baron à son associé.

— Gagner au plus vite le pays des Apaches, répondit l'usurier.

L'ex-clubman ne put retenir un éclat de rire.

— Des Apaches !... Je croyais qu'il n'y en avait plus, et que les derniers s'étaient réfugiés sur les hauteurs de Belleville et de la Villette.

— Je me suis renseigné à bonne source, croyez-le, baron, et ceux qui ont été impitoyablement refoulés par les citoyens de l'Union dans ce qu'ils appellent les « territoires » ou « réserves », et qui errent dans les savanes au pied des montagnes Rocheuses, sont au moins aussi dangereux que les Apaches de Paris auxquels vous faites allusion.

— Mais que voulez-vous que nous allions faire dans le pays de ces sauvages ?...

— Faire d'eux les collaborateurs inconscients de l'œuvre que nous poursuivons, conclut le coquin, avec un mauvais sourire sur les lèvres.

La dépense de leur séjour au *Palace-Hôtel* réglée, les deux complices se dirigèrent vers la gare, édifiée sur les quais du lac Pontchartrain, et se glissèrent dans un wagon à couloir d'un train en partance pour Jackson, ville importante de l'État du Missisipi, située au nord et à trois cent cinquante kilomètres de la Nouvelle-Orléans.

Après un séjour forcé de quarante-huit heures dans cette ville industrieuse, où les deux

hommes ne surent que faire pour tuer le
temps, ils purent enfin prendre place dans un
Pulmann Car de la grande ligne du Sud-Amé-
ricain qui met en relations les Etats de l'Est
avec ceux de la côte du Pacifique.

Cette fois, le séjour en wagon fut un peu long,
car il s'agissait d'un trajet de plus de dix-huit
cents kilomètres, et pendant cinq jours et cinq
nuits, le baron et son commanditaire virent se
dérouler à leurs yeux les panoramas variés des
divers Etats de l'Union : la Louisiane, le
Texas et enfin le Nouveau-Mexique. Après
avoir traversé, à Vicksburg, sur un immense
pont de fer, le majestueux fleuve le Mississipi,
cher à Law, l'inventeur du papier-monnaie,
les voyageurs purent admirer les plaines fer-
tiles arrosées par ce géant des fleuves et ses
affluents : la Red-river, laWashita, et la Sa-
bine-River. Les villes succédaient aux villes,
dans cette contrée riche et bien cultivée :
Monroe, Winden, Shreport, Marshall, Long-
wiew, Kaufman, Dallas-City, Gronbury, Abi-
lène, etc. Puis ce furent les savanes, arrosées
par le Colorado et ses nombreux tributaires.

Le 5 avril, le train arrivait enfin, après
s'être encore arrêté aux localités de Midland,
Pecos, Sierra-Blanco et San Elizario, à el Paso,
sur le rio del Norte, au pied de la Sierra de los
Mimbres, sur la frontière du Texas et du
Mexique. A cette époque, le comte de Chavail
et son compagnon pénétraient sur le territoire des Etats-Unis et atteignaient le fort
Okinakan.

Il s'agissait, pour le baron et son cornac, de
se hâter, s'ils ne voulaient pas manquer le
passage de l'automobile. Aussi, dès son arrivée
à el Paso, Moirier s'empressa de se renseigner

sur l'état des routes dans cette région montagneuse, et il se frotta les mains avec satisfaction quand il apprit qu'il n'existait qu'un seul chemin praticable, reliant Tucson, dans l'Etat d'Arizona, aux localités de la province de la Sonora.

— De cette façon, nous ne risquons pas de le manquer, pensa-t-il.

Laissant Le Rosay se morfondre dans cette bourgade plutôt maussade, l'ancien agent d'affaires se débrouilla vite, grâce à sa connaissance de l'anglais, et, avec le flair propre aux natures corrompues, il ne tarda pas à rencontrer l'intermédiaire qu'il lui fallait pour mener à bien ses projets tortueux.

L'Etat du Nouveau-Mexique possède de nombreuses mines de cuivre, d'argent et d'étain ; les populations qui travaillent à ces lointaines exploitations contiennent fréquemment des éléments malsains rejetés par les grandes villes. A côté d'ouvriers énergiques et honnêtes, se rencontrent des sacripants capables de tous les méfaits, et qui ne se livrent que momentanément à un travail régulier, parce qu'ils s'y trouvent contraints par les circonstances.

C'est parmi cette écume des placers, dans cette tourbe de la civilisation américaine, séjournant à el Paso que Moirier alla chercher un collaborateur, et il eut la main heureuse en s'abouchant, dans un tripot mal famé, avec Sam Buckley, un des plus beaux échantillons de cette race de gens sans scrupules, propres à tous les coups de main, — pourvu qu'ils soient de bon rapport.

Sam Buckley avait longtemps couru la savane. Les coutumes et les mœurs des Indiens de la contrée lui étaient familières, et, mieux,

Il connaissait certaines peuplades où il avait reçu l'hospitalité. Cela faisait admirablement l'affaire de Moirier, qui expliqua minutieusement au bandit ce qu'il désirait de lui.

— Très bien ! fit celui-ci d'une voix enrouée, j'ai compris ; vous voulez que cette charrette qui marche toute seule n'arrive pas à Chihuahua ?... Rien de plus facile, et mes bons amis qui chevauchent du côté du lac de Candelaria me donneront volontiers un coup de main dans cette occasion. Et qu'est-ce que cela me rapportera de me mêler de cette affaire-là ?...

— A vous, personnellement, maître Sam ?...

— A moi et à mes amis à peau rouge.

L'aigrefin baissa la voix et prononça en se penchant à l'oreille du bandit :

— Eh bien, sachez donc que cette voiture est bondée d'objets de toute espèce qui feront la joie et le bonheur de ceux que vous appelez vos amis à peau rouge. Quant à vous qui devez préférer, et je le comprends, les banknotes et les valeurs monnayées, je n'ai qu'à vous dire que vous trouverez dans un coffret de fer dissimulé dans une soute, une somme de dix mille dollars que le Français a emportée pour faire face aux dépenses de son voyage.

— Dix mille dollars, vous êtes sûr ?...

— Je vous l'affirme ! déclara solennellement le maître fourbe, qui ignorait absolument la somme que le comte de Chavail avait pu emporter, mais qui voulait surexciter la cupidité de l'ancien mineur.

Celui-ci, après avoir réfléchi un instant, tendit une main large comme un battoir.

— Eh bien, c'est entendu ! dit-il en riant d'un rire bestial, je me charge de faire passer le goût du whisky à ces deux gentlemen ! Et à moi les dollars !

Moirier laissa tomber sa main dans la patte velue du misérable.

Tendit une main large comme un battoir (Page 20).

— Affaire conclue, et je ne vous demande pas de commission pour l'indication de ce beau coup. Seulement, pour éviter tout ennui possible, il faudra vous arranger de manière à ce que l'on croie à un accident banal et qu'on n'accuse personne si l'on retrouve les débris de la voiture.

— Cela, je m'en charge ! gronda Sam d'un ton significatif.

Moirier rentra, la joie dans l'âme, à la « restauration », où il retrouva le baron à qui il fit part de l'aide qu'il avait trouvée pour mener à bien son lâche guet-apens.

— Nous allons quitter el Paso par le chemin de fer, pour nous rapprocher de l'endroit où se produira la disparition subite et providentielle de ce Chavail de malheur ; ensuite nous ferons constater officiellement son décès par les autorités du pays et, la nouvelle de l'accident câblée en France, nous rentrerons tout tranquillement récolter les fruits de nos peines !

Les deux hommes reprirent un train de la ligne de Tucson et San-Diego, et rejoignirent à Lordsbg maître Sam, qui partit bientôt pour détrousser, comme un voleur de grand chemin, les voyageurs traversant la Sierra Madre.

CHAPITRE XVII

———

LE PONT DE LIANÉS

Ayant donné l'explication des causes de l'attaque subite de l'automobile par les Apaches, et de ce guet-apens machiné par l'âme damnée du rival du comte de Chavail, le pseudo-baron Le Rosay, nous devons en revenir au moment où nous avons laissé nos deux héros, qui s'attendaient aux pires supplices, suivis d'une mort certaine, dès que les sauvages auraient terminé le pillage de la voiture.

Avec des hurlements frénétiques, les Peaux-Rouges, avaient escaladé le véhicule, et quelques-uns s'étaient attaqués à la paroi qu'ils s'efforçaient de défoncer. De nouveaux cris apprirent aux jeunes gens que les assaillants avaient réussi, et, non sans un serrement de cœur, ils les virent lancer sur le sol les outils, les vêtements et les vivres dont les soutes étaient garnies.

Deux sauvages avaient pénétré dans le couloir intérieur séparant *Passe-Partout* en deux parties égales et s'occupaient avec ardeur à déménager le contenu des armoires. Les tiroirs brisés, les pièces de rechange volaient au dehors et jonchaient le sol autour des captifs, mais soudain la scène changea, et les chauffeurs virent tout à coup les sauvages donner les signes de la plus vive terreur et bondir hors de la voiture en se bousculant pour fuir plus vite.

Une voix puissante, sortant de l'intérieur de l'automobile, s'était fait entendre avec de rauques accents, et, après une série de commandements militaires brefs, retentissait une sonnerie de trompettes aussi bruyante que si elle eut été poussée par une douzaine d'exécutants doués de poumons vigoureux.

Aux premiers accents de cette voix mystérieuse, les Apaches épouvantés n'avaient rien eu de plus pressé que de sauter à bas du véhicule. Quand aux paroles succéda le bruit des trompettes, toute la troupe absolument terrifiée, abandonna le pillage commencé et déguerpit comme une volée d'oiseaux de proie. En moins d'un instant, le lieu où venait de se dérouler cette scène tragique redevint désert. La sonnerie de trompette continuait *crescendo*.

Malgré la gravité de la situation, Lucien de Cordouan ne put retenir un vaste éclat de rire qui lui dilata les mâchoires au point de faire tomber son bâillon.

— Ah! elle est bien bonne, s'exclama-t-il. Elle est bien bonne!...

Mais il ne s'agissait pas de perdre un seul instant, car revenus de la frayeur qui leur avait fait prendre la poudre d'escampette, les Indiens pouvait reparaître, et en nombre cette fois. Parmi les outils qui avaient roulés près de lui, le jeune homme avisa un ciseau à bois à lame acérée ; il le saisit entre ses dents, et baissant la tête il frotta le biseau d'acier sur les lanières de cuir qui le garrottaient étroitement.

Un instant après, ses bras étaient libres, et bientôt Cordouan se dressa, débarrassé de tous liens. Son premier mouvement fut de rendre le même service à son ami qui, immobile sur le sol, suivait avec anxiété toutes ses actions. Son second fut de courir au râtelier d'armes et décrocher les carabines et les revolvers.

— Là ! maintenant ils peuvent revenir ! Nous sommes prêts à les recevoir les bandits ! s'écria le jeune comte en brandissant son arme.

Sa voix fut couverte par le vacarme des trompettes qui cessa brusquement tandis que Chavail demandait :

— Enfin, qu'est-ce que cela veut dire ?...

— C'est bien simple ! déclara Cordouan en se hâtant d'amonceler et de rejeter dans l'intérieur du véhicule tous les objets qui jonchaient le sol. Un de ces pillards aura déclanché sans y prendre garde le phono que j'avais garni d'un disque : *Les trompettes du Kentucky*, air plutôt bruyant, ainsi que tu en as pu juger, et que je voulais te faire ouïr. De là leur frousse phénoménale : ils ont dû croire qu'un régiment tout entier était caché dans la boîte et c'est pourquoi ils ont tout planté là, pour fuir au plus vite.

— Oui, mais l'endroit est dangereux et nous ferons bien de ne pas nous attarder, fit Chavail qui inspectait minutieusement tout le mécanisme pendant que son ami ramassait les pièces de rechange et tout le matériel pour l'empiler dans la voiture.

— Il n'y a rien de cassé !...

— Non, aucun organe essentiel ne me paraît détérioré, malgré le choc contre cet arbre qui avait été placé par ces sauvages au bas de ce raidillon, dans le but avéré, je le comprends, d'amener l'accident qui nous a fait tomber entre leurs mains. Mais dépêchons, je ne suis pas tranquille.

— Que faut-il faire ?...

— D'abord remettre *Passe-Partout* sur ses roues.

Réunissant leurs efforts, après quelques essais infructueux, les deux compagnons parvinrent à remettre l'auto dans sa position naturelle, ses quatre roues sur le sol.

— Là ! voilà le premier point résolu ! fit Chavail en s'essuyant le front. Maintenant, comme il ne nous est pas possible de revenir en arrière, cette espèce de couloir étant trop étroit pour nous permettre de tourner, il nous faut absolument aller de l'avant, quoi qu'il nous en puisse coûter, mais alors cet arbre qui barre la route nous en empêche, et nous n'avons pas de leviers pour le ranger contre la paroi. D'ailleurs le temps nous manque.

— Alors, que veux-tu faire ?

— Une chose très simple ! dit le chauffeur en joignant l'action à la parole. Déposer un pétard sous cet obstacle et l'allumer avec un *retard* qui nous permettra de faire marche arrière et nous éloigner suffisamment pour n'être pas atteints par un éclat de bois.

Toute cette scène, depuis le moment où le bruit du phonographe déclanché par l'un des Apaches avait mis la bande de pillards en fuite, jusqu'à celui où Chavail eut engagé un pétard de mine sous l'énorme tronc barrant la route, n'avait pas duré plus de dix minutes.

Le jeune homme fit flamber une allumette-tison et l'approcha de la mèche qui sortait de l'étui rempli de dynamite. Il allait se redresser, quand un tonnerre de vociférations éclata à peu de distance en même temps qu'une vive fusillade. Plusieurs balles frappèrent avec un bruit sec le capot et les tôles de la carrosserie.

— Alerte ! Alerte !... cria Cordouan. Les voilà qui reviennent.

D'un seul tour de bras, Chavail mit le moteur en route et bondit à l'intérieur de la logette où il butta dans le cadavre de son chien, du pauvre Pignon qui, dès le début de l'action ayant voulu défendre son maître, avait été poignardé par un Apache.

— A genoux ! commanda le jeune homme et fais le coup de feu, pendant que je manœuvre.

Donnant l'exemple, il s'abrita derrière le tablier métallique surmontant le capot et, avec un sang-froid magnifique, il régla le moteur, embraya la marche arrière et démarra, pendant que Cordouan ouvrait un feu roulant sur les assaillants qui accouraient en hurlant et gesticulant :

Chose étrange, cette fois les Apaches étaient conduits par un blanc qui semblait les encourager à tenter un nouvel assaut.

Avec une sûreté de main merveilleuse, le comte de Chavail obligeait *Passe-Partout* à rétrograder et à remonter la pente. Maintenus par la fusillade que Cordouan dirigeait sur eux, les féroces habitants de la savane durent se mettre à l'abri des balles derrière le tronc d'arbre dont ils se firent un retranchement, car plusieurs d'entre eux, atteints par les projectiles, avaient roulé sur le sol qu'ils teignaient de leur sang.

L'air s'emplissait de poussière et de fumée; les blessés hurlaient comme des possédés, mais, parmi le vacarme, on pouvait encore distinguer une voix rauque proférant en anglais d'horribles blasphèmes. L'automobile reculait toujours, et les balles ricochaient avec un bruit mat contre ses parois métalliques. Mais, brusquement, la scène changea.

Un crépitement singulier se fit entendre soudain au pied de la barricade improvisée derrière laquelle s'étaient allongés les Apaches; une explosion violente qui secoua *Passe-Partout* dans toute sa membrure ébranla les airs, et les échos des rochers la répercutèrent, la transformant en un véritable roulement de tonnerre. En même temps, comme sous l'effet d'une mine souterraine, une colonne de feu jaillit du sol, déchiquetant le tronc d'arbre et projetant des débris dans toutes les directions. Des cris de douleur, des imprécations effroyables, suivirent le bruit de la détonation. Le défilé s'était empli de fumée.

— En avant !... en avant !... s'écria Cordouan, rechargeant sa carabine. La route est libre, passons sur le ventre de ceux qui restent !

Chavail s'était redressé. En un clin d'œil, il manœuvra ses leviers d'embrayage et l'automobile bondit en avant.

Elle passa comme un bolide sur l'emplacement de l'embuscade, déblayé par l'effet du pétard de dynamite. Plusieurs Apaches gisaient en travers de la route, baignant dans une mare de sang, et les bras étendus; d'autres, plus ou moins éclopés, voyant le véhicule fon-

cer sur eux comme un taureau furieux
s'étaient vivement rejetés le long de la paroi
de rochers. *Passe-Partout* écrasa quelque peu
les morts ou moribonds et accéléra son allure.
Soudain, Cordouan qui regardait en arrière
poussa un cri de surprise. A l'endroit où le sol
crevassé portait les marques des effets de l'explosion, un homme, un blanc était apparu, et,
debout au milieu du chemin, il brandissait un
poing menaçant dans la direction de l'auto,
pendant que, de l'autre main, il tenait sa carabine fumante.

Avec le sang-froid imperturbable qui ne
l'avait pas abandonné un instant, même au plus
fort de la bataille, le comte de Chavail déva-
lait à toute allure les pentes de la Sierra Madre. Enfin, après une course effrénée d'une dizaine de kilomètres, par une route effroyable,
raboteuse et coupée de coudes brusques, les
montagnes boisées s'écartèrent et la plaine de
la Sonora apparut dans toute son étendue aux
yeux ravis des voyageurs.

— Eh bien ! nous l'avons échappé belle,
fit Chavail, en diminuant un peu l'allure, maintenant que tout danger paraissait écarté.

— Certes ! renchérit Cordouan, et sans le
phono dont mes admirateurs de Dowson-City
avaient eu la bonne idée de me gratifier, nous
étions frits. Mais, c'est égal, une chose me chif-
fonne, car je ne me l'explique pas.

— Et laquelle donc ?...

— C'est comment il se fait qu'à leur second
assaut, les Peaux-Rouges étaient conduits par
un blanc qui semblait les exciter et les encourager à se jeter sur nous.

— Un blanc, tu es sûr d'avoir bien vu ?...

Le jeune homme secoua les épaules avec impatience.

— Oui, un blanc, et qui m'a semblé, avec sa barbe roussâtre, avoir le type yankee bien caractérisé. Qu'est-ce qu'il pouvait bien être venu faire cette fois, et pourquoi ne l'avons-nous pas aperçu au moment de la première attaque ?...

Chavail réfléchit un instant.

— C'est, bien certainement, le chef de ces pillards, et qui n'avait pas sans doute cru sa présence nécessaire au début, alors que nous allions sans nous briser sur l'obstacle barrant le chemin. Ce n'est que devant la panique de ses hommes qu'il a sans doute cru nécessaire de faire acte de présence, et s'est mis à leur tête pour achever l'expédition interrompue par leur accès de frayeur.

— Oui, cette raison est plausible, mais, de toute façon, c'est un avertissement d'avoir à veiller avec plus d'attention encore, et conserver l'œil grand ouvert sur ces routes mal fréquentées. Brr !... Quand je pense qu'à l'heure qu'il est, sans cet instrument magique que tu calomnias, les Apaches seraient peut-être occupés à faire de la vivisection sur nos individus. J'en ai froid dans les os !

— Le danger est conjuré maintenant, murmura le comte, et nous sommes au Mexique !

Une heure ne s'était pas écoulée, et l'automobile n'avait pas parcouru plus de dix lieues depuis la passe où elle avait failli tomber aux mains des sauvages, qu'à la nature inculte, aux collines boisées et aux plaines herbeuses, succédèrent des champs de maïs montrant que l'on pénétrait dans une région civilisée. Enfin,

À cinq heures du soir, *Passe-Partout* fit son entrée dans la bourgade d'Arispe, située sur la rivière la Sonora. Il était temps, car, au moment où il pénétra dans la cour de l'*osteria*, ou hôtellerie, son avant-train s'affaissa brusquement et une roue s'échappa de son pivot. Il fallut achever de le faire avancer à force de bras pour le garer dans un hangar servant de remise.

Toute la journée du 13 avril fut occupée à la réparation de l'essieu qui avait été faussé et en partie rompu par le choc contre le tronc d'arbre, et pendant qu'aidé d'un forgeron, Chavail réparait le dégât, son ami s'occupait, avec le souci d'ordre et de symétrie qui le caractérisait, à ranger, dans les divers tiroirs et armoires de l'auto, tous les objets que les pillards avaient bousculés et mélangés. Il eut terminé ce travail d'aménagement d'assez bonne heure pour pouvoir, après avoir fait toilette, parcourir la ville.

C'était le dimanche des Rameaux, et, malgré un temps assez maussade, plusieurs ondées étant tombées pendant la journée, les rues d'Arispe étaient pleines d'une foule en habits de fête, qui se dirigeait vers les églises du culte catholique, dont toutes les cloches lançaient aux échos de joyeux carillons. Le Français admira les costumes des Mexicains se rendant aux offices ; il pénétra même, à la suite des fidèles, dans l'une des chapelles, dont le portail était décoré de palmes vertes rappelant la fête du jour, puis, de l'église il revint aux promenades, ombragées de yuccas magnifiques, et de là au quartier commerçant, dont toutes les boutiques étaient hermétiquement fermées, ce qui le contraria quelque peu, car il avait di-

verses emplettes à effectuer. Enfin, il revint à
l'osteria.

— Est-ce que tu feras ta déclaration aux
autorités du pays de l'aventure qui ne nous
est arrivée dans les défilés de la Sierra Madre !
demanda Cordouan à son ami.

Le comte secoua la tête.

— J'en ai touché quelques mots à notre hô-
te qui est membre du Conseil de ville, quelque
chose dans le genre de conseiller municipal, et
il m'a répondu que cela ne pouvait être d'aucune utilité, l'attaque s'étant produite sur les
frontières, dans une région neutre où l'on ne
compte plus les actes de banditisme commis
par les indigènes qui, suivant qu'ils sont pour-
suivis par les Américains ou les Mexicains, se
réfugient sur le territoire des Etats-Unis ou
sur celui du Mexique. La morale de l'aventure,
c'est que nous avons bien fait de nous défendre par tous les moyens en notre pouvoir, et
que personne ne nous demandera compte de
la douzaine d'Apaches que nous avons exter-
minés.

— Je ne regrette qu'une chose, pour mon
compte, murmura Lucien, songeur.

— Quoi donc ?...

— C'est de ne pas avoir abattu d'une balle
le conducteur des Apaches, car c'est celui-là
le plus coupable, qui entraîne ces primitifs
enfants du désert au pillage et au meurtre !

Pendant toute la semaine sainte, l'auto dé-
ambula à travers le Mexique, du nord au sud,
du 32° au 16° parallèle nord, en se rappro-
chant ainsi de plus en plus de l'équateur et il
franchit pendant ces six journées 2.600 kilomètres environ, soit une moyenne de cent

vingt lieues par jour. On ne s'arrêta qu'une
après-midi à Mexico, le temps, pour Chavail,
de chercher le dépositaire du stock de pneus
qu'il s'était fait expédier de Paris. Pendant ce
temps, Gordouan allait visiter la cathédrale et
les monuments les plus célèbres de cette anti-
que capitale du pays des Toltèques, des Chichi-
mèques, — et autres Aztèques, eût irrévérencieusement ajouté le Parisien.

Ce n'était pas sans fatigue que cette longue
randonnée s'était effectuée par des routes médiocres, raboteuses, et qui n'étaient qu'une succession de pentes raides et de lacets. Partis
d'Arispe le lundi matin, les automobilistes gagnèrent d'abord Oputa, sur le rio Yaqui, petite rivière qui se jette dans le golfe de Cali-
fornie, et de là San-Antonio, au confluent de
ce rio avec le Papigochio. *Passe-Partout* longea les bords de cette rivière étroite et au
cours impétueux, en se dirigeant vers l'orient,
et il passa ainsi sur l'autre versant, celui qui
regarde le golfe du Mexique, entre les dernières ramifications méridionales de la Sierra
Madre, et les premiers chaînons de la Sierra
de Tarahumare. Le soir, les voyageurs cou-
chèrent à Chihuahua.

Successivement, les principaux Etats de la
République fédérative du Mexique furent franchis, et les Français traversèrent les villes de
Rosales, Santa-Rosalia, Jimenez, Penuelo, Ler-
do, Nazao, San-Juan, Mezquital, Zacatecas, et,
par des pentes de plus en plus ardues, ils
s'élevèrent jusqu'aux hauts plateaux, par
Aguas-Calientes, Guanajuato, Queretaro, où ils
aperçurent la forteresse dans laquelle fut passé par les armes, en 1862, l'empereur Maximi-

lien, et enfin Mexico, où ils ne firent halte que
l'après-midi du vendredi saint. Dans la journée
du samedi, les voyageurs suivirent le fond des
vallées au pied du Popocatépetl et de l'Orizaba
qui dressent leurs cimes empanachées de vapeurs, l'une à 3.000, l'autre à 5.550 mètres
dans les nuages ; les villes de Puebla, Telma-
can, Ciacatlan, Oaxaca, Juquila, furent dépas-
sées, et l'étape ne se termina qu'à onze heures
du soir à Salina-Cruz, sur les rivages de l'Océan
Pacifique, que l'auto devait longer pendant des
centaines de kilomètres jusqu'à ce qu'elle eût
atteint l'Amérique du Sud.

Les deux amis passèrent le jour de Pâques,
20 avril, dans cette localité qui possède un
port assez important et une ligne de chemin
de fer traversant l'isthme de Tehuantepec pour
aboutir à San-Juan-Bautista dans le golfe de
Campêche. Ils en profitèrent pour envoyer de
leurs nouvelles en France, sans faire mention
de l'attaque dont ils avaient failli être victimes. Les soins habituels furent donnés à la
voiture, et une longue promenade à pied au
bord de la mer termina cette belle journée. Un
soleil radieux incendiait de ses flèches l'immense Océan, calme comme un miroir, et à
tout instant, Cordouan soulevait sa casquette
de cuir pour s'essuyer le front.

— Je crois, dit-il, qu'il faudra bientôt
échanger notre tenue d'hiver pour une toilette
d'été, plus adéquate au climat. Tudieu ! quel
changement de température en moins d'un
mois ! Il en faut un tempérament élastique
pour résister à de pareilles variations !...

— Il fallait bien s'attendre à des change-
ments, répondit Chavail ; nous arrivons des
contrées circumpolaires et bientôt nous serons

sous l'Equateur, rien d'étonnant à ce que nous trouvions une différence sensible entre deux points du globe aussi éloignés l'un de l'autre !

Le lundi de Pâques, à six heures précises du matin, *Passe-Partout* démarrait et continuait sa route qui se poursuivit pendant toute la semaine sans incident notable, à travers les républiques de l'Amérique centrale. Les étapes journalières se terminèrent à San-Benito, Guatemala, la Paz, au Honduras, Managua, San-José et Santiago, dans le Nicaragua, la république de Costa-Rica et la Nouvelle-Grenade. La chaleur devenait accablante. Pendant la journée, la glace de la cabine avait été abaissée pour donner un peu d'air dans la logette, et, d'heure en heure, il fallait arroser les pneus qui étaient brûlants. Deux enveloppes de rechange avaient déjà été usées depuis Mexico, mais les chambres à air s'usaient moins rapidement.

— Il est regrettable, dit Cordouan, que nous ne puissions pas voyager de nuit.

— Pourquoi donc ! demanda Chavail.

— Parce que nous souffririons moins de la chaleur, des moustiques et des différents autres agréments de ce climat délicieux.

— Bon ! tu te plaignais il y a quelque temps de l'excès de froid, tu grelottais, tu battais la semelle et te répandais en doléances sur les souffrances que ces basses températures te faisaient endurer, et voilà maintenant que tu clames qu'il fait trop chaud parce que le thermomètre marque 30 à l'ombre. Il est difficile, en vérité, de te contenter !

— *In medio veritas !* déclara sentencieusement le Parisien en levant le doigt en l'air.

— Ce qui veut dire ?... fit en souriant son
ami.

— Que c'est encore le climat de la Ville-
Lumière qui convient le mieux à ma santé, et
que tu es un bourreau de me traîner ainsi du
pôle à l'Equateur pour me faire contracter
des bronchites tout ce qu'il y a de plus pulmo-
naires dans ces pérégrinations contraires à
mon tempérament maladif et délicat !...

L'explorateur rit tout à fait à cette nouvelle
récrimination proférée d'un ton larmoyant, que
la mine réjouie et le teint fleuri de l'orateur
démentaient absolument. Enfin, après un moment de silence nécessaire pour calmer son
hilarité, Chavail reprit :

— As-tu dans l'idée combien l'auto a pu
faire de chemin depuis que nous avons touché le sol de l'Amérique ?...

— Moi, pas du tout ! Deux mille lieues, peut-
être ?...

— Tu n'y es pas encore. Nous avons parcouru exactement 10.000 kilomètres depuis le rivage occidental de l'Alaska, c'est-à-dire 25.000
depuis Paris !

— Un beau ruban de route, il faut le reconnaître. Enfin, avons-nous fait plus de la moitié?

— Certes ! Encore 12.000 kilomètres, dont
un quart à travers l'Océan, et nous serons chez
nous !

— Ce n'est plus alors qu'un peu de patience
à avoir ! conclut le jeune homme sans sourcil-
ler.

— En attendant, c'est demain que nous tra-
versons l'isthme de Panama.

— Qui n'est pas encore percé, heureusement
pour nous, car il nous aurait fallu découvrir
un bac pour le franchir.

Bien qu'on fût un dimanche, le comte de Chavail ne voulut pas s'attarder, et perdre encore un jour pour se reposer. A sept heures du matin il donna le signal du départ et l'auto prit la route de Panama.

La langue de terre qui réunit les deux Amériques et qui s'oppose à la réunion des deux grands océans, le Pacifique et l'Atlantique, est extrêmement boisée et vallonnée, bien que les crêtes les plus élevées de la cordillière de Veraguas ne dépassent pas une altitude de 1.500 mètres. Pendant toute la matinée, *Passe-Partout* roula sur des routes détestables, loin de valoir les plus mauvais chemins ruraux de France, et sur lesquelles il était impossible de dépasser, même avec la meilleure volonté du monde et le plus grand désir possible d'aller vite, le trente à l'heure, maximum de vitesse permis en France par la loi aux automobilistes. Cordouan ne cessait de maugréer. Cependant les routes reliant les unes aux autres les bourgades disséminées dans cette vaste région se déroulent la plupart à travers des forêts splendides d'acajou, de bois de rose, de cèdres, et toutes les richesses de la faune tropicale se déroulaient aux yeux des Français. Une infinie variété de fleurs, de fruits s'offraient à la vue dans un fouillis pittoresque de troncs élancés, supportant des feuillages de toutes les teintes et de toutes les formes.

— Il faut être un véritable barbare pour ne pas admirer un pareil tableau ! dit Chavail à son ami. Vraiment, mon pauvre Lucien, tu me navres. C'est merveilleux !

Après de nombreux circuits et détours du chemin qui conduisait de Santiago à Colobre, puis à Nata, et de là à Auton, San-Carlos, Chame, l'auto avait pénétré dans le massif montagneux de la Sierra Capiro, et, à midi, les voyageurs déjeunaient gaiement à Chorera, village de douze cents habitants situé à une altitude de 900 mètres au-dessus du niveau de la mer. Ils n'étaient pas à plus de douze lieues de Panama.

A trois heures du soir, ils repartaient, bien lestés ; le comte donnait un peu d'avance à l'allumage, la route étant meilleure, et la voiture redescendit les pentes de la Sierra, pour se diriger vers la Culebra, massif montagneux haut de 80 mètres à peine, qui coupe l'isthme en sa partie la plus étroite et qui mesure à peine 70 kilomètres.

— Attention ! dit l'explorateur à son ami, nous allons arriver à une rivière torrentueuse, le rio Gorgona. Pourvu que nous trouvions un endroit de passage !

Bientôt le bruit de la rivière tombant en cascades sur un escalier de roches se fit entendre ; Chavail ralentit l'allure et bientôt *Passe-Partout* arriva au bord du rio. Le site était sauvage et désert : sur les deux rives, c'était la forêt vierge dans toute sa grandiose splendeur.

— Ah ! s'écria Cordouan, il y a un pont !...

— Diable, il ne m'a pas l'air des plus solides ! fit Chavail hochant la tête.

— Evidemment, le Pont-Neuf, ou seulement la passerelle du rocher des Buttes-Chaumont seraient préférables, mais nous n'avons pas le choix !

Le pont, en effet, qui mesurait une quarantaine de mètres, et franchissait le torrent à quelques mètres au-dessus de son lit, était des plus rudimentaires : le tablier était composé de madriers à peine équarris, disposés paral-

— 39 —

lèlement et supportant des traverses grossiè-
res servant de chaussée. A chacune de ses extrémités, ce pont s'appuyait sur des massifs
de pierres non cimentées entre elles, et des
faisceaux de lianes, remplaçant l'acier, métal
inconnu sans doute dans le pays, reliaient le
milieu du pont à des arbres très élevés situés
sur les deux rives.

Le chauffeur, avait embrassé la situation
d'un coup d'œil.

— Enfin, nous n'avons pas le choix, grommela-t-il. Mais passons vite !

Il releva son pied qui appuyait sur la pédale
d'embrayage, et l'auto s'engagea sur le frêle
édifice.

A ce moment, un bruit de branchages frois-
sés se fit entendre sur l'autre rive et deux ca-
nons de fusil, s'abaissant ensemble entre les
feuilles d'un buisson, crachèrent un jet de
flamme et de fumée.

Mais, juste à cette seconde, un craquement
terrible retentit ; les lianes soutenant le tablier se rétractèrent en fouettant l'air, et le
pont s'effondra sur les rochers formant le lit
du rio Gorgona, en constituant un bouclier
protecteur aux automobilistes.

Il est des instants dans la vie où le geste
précède la pensée, et où l'on agit automati-
quement, avant que le raisonnement qui commande l'action ait été formulé. Ce fut ce qui
sauva les voyageurs en cette seconde critique.
Au lieu de bloquer les freins, le comte de
Chavail poussa l'avance à l'allumage à son
maximum et lâcha la pédale de l'accélérateur.
Instantanément, le moteur donna un coup de
collier formidable, *Passe-Partout* escalada le
reste du pont, qui formait un angle de près
de 30 degrés avec l'horizontale, puis retomba

de près de deux mètres de haut à l'autre bout,
après avoir décrit une parabole allongée qui le
porta à plus de dix mètres de la rive où il
continua à fuir à toute vitesse.

Au bruit des coups de feu, Cordouan s'était
instinctivement redressé et sa main avait cherché derrière lui sa carabine. Bien que le saut
formidable exécuté par la voiture lui eût fait
perdre l'équilibre, il se remit vite, et son
regard perçant distingua la silhouette d'un
homme dissimulé dans un buisson touffu. D'un
mouvement irrésistible et rapide comme la
foudre, son arme sauta au défaut de l'épaule
et, sans presque ajuster, le jeune homme pressa
sur la détente.

Un long cri d'agonie retentit et la forme humaine parut tourner sur elle-même et s'abattre
au milieu du feuillage, mais la vision fut
brève, car *Passe-Partout* avait déjà perdu de
vue le rio et les débris du pont suspendu. Encore une fois l'automobile échappait au danger et fuyait à toute allure en laissant derrière
elle ses mystérieux agresseurs.

CHAPITRE XVIII

UNE FÊTE A SANTA-FÉ DE BOGOTA

— Eh bien, Moirier ?...

— Mort !... répondit l'interpellé, les dents serrées de rage, et se relevant.

— C'est trop fort !... Ils sont donc invulnérables, ces gens-là !...

Aux pieds des deux hommes qui se considéraient, pâles de fureur concentrée, était étendu un corps rigide et sanglant qui n'était autre que celui du forban Sam Buckley, que l'appât de la forte somme cachée dans les soutes de l'automobile avait entraîné à se faire l'exécuteur des basse-œuvres de la société en commandite Moirier-Le Rosay. La balle sortie de la carabine de Cordouan avait frappé le bandit en pleine poitrine, traversé le cœur, et amené la mort immédiate, ainsi que l'ex-agent d'affaires venait de s'en assurer.

Pour des raisons faciles à concevoir, les deux ennemis du comte de Chavail s'étaient abstenus de figurer dans le premier guet-apens tendu aux automobilistes dans les défilés de la Sierra Madre ; d'une part, ils ne tenaient que médiocrement à entrer en rapports directs avec les sauvages collaborateurs de leur bravo à gages, d'autre part il fallait ménager l'avenir, et ils s'étaient applaudis de cette précaution en apprenant par Sam le résultat négatif de l'attaque si bien combinée.

L'ancien mineur était revenu dans un état d'exaspération impossible à décrire à Lordsbg, où Moirier et Le Rosay attendaient avec anxiété de connaître le résultat de leurs menées ténébreuses.

— Comprenez-vous ces ânes bâtés, ces brutes du Texas, qui ont eu peur d'une boîte à musique, expliqua-t-il à ses complices, et qui ont pris la fuite comme une volée de *red flyers*, en entendant le bruit sortant de cette boîte ?... Une affaire si bien commencée, *by God !* je ne m'en consolerai pas ! Ils tremblaient comme des chiens fouettés, ces animaux stupides, et il m'a fallu les rassurer comme des enfants pour les ramener au chariot. Mais pendant ce temps, ces damnés Français étaient parvenus à détacher les lanières qui les ligotaient, à mettre leur guimbarde sur ses pattes, et même à agencer une jolie petite mine sous le tronc d'arbre que nous avions abattu pour barrer la route. Si bien que, quand j'ai eu rallié mes poltrons et les ai ramenés, nous avons été accueillis par une bordée de coups de fusils ! Enfin nous nous étions abrités derrière l'arbre et je m'évertuais à remettre un peu de cœur au ventre des braves guerriers de la savane, quand un vrai tremblement de terre s'est produit : un cratère s'est ouvert sous nos pieds, et l'arbre a été déchiqueté, pulvérisé, projeté en morceaux

aux cinq cent mille diables. La mine préparée
avant notre retour avait joué ; l'explosion m'a
lancé contre les rochers du col, et, dans un
tourbillon de fumée et de poussière, j'ai vu
passer comme un fantôme cette voiture du
diable qui dégringolait la route comme emportée par le vent !... By God ! c'est une belle occasion de manquée ! Dix mille dollars, c'est une
somme !...

Le brigand était réellement consterné de
l'échec de ce guet-apens, cependant si bien
organisé, et dont le succès lui avait paru d'a-
vance absolument certain.

Pendant qu'il parlait, Moirier, les sourcils
froncés, réfléchissait profondément. Enfin il
releva la tête, et fixa Sam Buckley de ses petits
yeux gris.

— C'est manqué, c'est vrai, mais on peut re-
commencer, en prenant cette fois de plus mi-
nutieuses précautions, articula-t-il lentement.

L'ancien mineur le considéra d'un air effaré.

— Vous ne pensez pas qu'on puisse rattraper cette voiture qui marche aussi vite qu'un
train de chemin de fer ?... dit-il enfin.

— Pourquoi pas ? répliqua froidement l'u-
surier. En nous pressant, nous pouvons, je
crois, la gagner de vitesse. Il faut examiner
simplement à quel endroit on peut encore or-
ganiser un petit accident qui ne nécessitera
que notre seule présence, sans l'aide d'êtres
ignorants et grossiers tels que vos amis les
Apaches, — soit dit sans les offenser, mon
digne ami Sam...

— Et vous m'emmenez avec vous ? interrogea Sam Buckley.

— Certainement. Vous nous serez de la plus
grande utilité, vu votre connaissance du pays,

de ses mœurs et de sa langue, car vous parlez l'espagnol, je crois ?...

— Assez mal, mais je sais cependant me faire comprendre.

— Eh bien ! conclut Moirier en se levant, ne perdons pas un instant. La voiture continue à filer vers le sud, filons de notre côté immédiatement sur Mexico !

Une heure plus tard, les tro's hommes, déterminés à venir à bout cette fois de *Passe-Partout*, s'installaient dans un train qui les ramenait à el Paso, bifurcation de la ligne du sud. En étudiant les horaires des trains circulant sur les réseaux mexicains et celui des lignes de bateaux desservant les différents ports de la côte, l'ancien agent d'affaires remarqua qu'un vapeur devait quitter Galveston, port du Texas, à destination de Sisal, Colon-Aspinwal et Carthagène le 19 avril. Il calcula que, ce bateau arrivant du 27 au 28 à Colon, il serait possible de couper une seconde fois la route au comte de Chavail dans l'isthme de Panama. Au lieu d'aller à Mexico et à la Vera-Cruz, ce qui aurait demandé au moins une dizaine de jours, vu la lenteur des trains sur les lignes du Mexique, il était donc hautement préférable de revenir aux Etats-Unis et d'aller s'embarquer à Galveston.

Moirier fit part de ce changement d'itinéraire à ses complices, qui l'approuvèrent pleinement.

Une nouvelle chance fut pour eux d'arriver à temps à la bifurcation de Sierra Blanco pour prendre un train direct qui les mena à San-Antonio en moins de quinze heures. De là, ils gagnèrent, par Colombus et Richmond, le port de Galveston où ils arrivèrent le 18, c'est-

à-dire largement à temps pour retenir leurs
places à bord du *Franklin*, bâtiment à hélice
jaugeant environ 1200 tonneaux et muni d'une
machine à vapeur de 800 chevaux lui imprimant une vitesse supérieure à douze nœuds à
l'heure.

A la marée du matin, le *Franklin* dérapa et
quitta à petite allure la baie et le port de Galveston. A midi, la côte américaine disparut
complètement sous l'horizon, et jusqu'au surlendemain matin la vue n'embrassa que le ciel
et l'eau. La mer était calme et le vent ne se
leva qu'au moment où l'on commençait à distinguer au sud, comme une légère bande de
vapeur, la côte basse du Yucatan. Le bâtiment
traversa le grand banc de Campêche, entre l'île
Bermeja et les rochers des Macranes ou Scor-
pions, et, à deux heures de l'après-midi, il
pénétra dans le petit port de Sisal qui dessert
Mérida, capitale du Yucatan, située à quelques
kilomètres dans l'intérieur des terres.

Le même soir, le navire, après quelques
appels prolongés de sirène, reprit le large et
pendant toute la nuit il longea, à distance res-
pectable toutefois, les terres basses formant
l'extrémité de la péninsule mexicaine.

Le vent continuait à être contraire, et la mer
commençait à clapoter lorsque le navire doubla
la pointe du cap Catoche, au large de l'archipel des Jolbos, et, tournant au sud-est, s'engagea dans le canal de Yucatan ou détroit de
Cordova, qui sépare l'extrême pointe orientale
du Yucatan de la côte occidentale de l'île de
Cuba.

A mesure que l'on descendait vers le sud, le
temps devenait plus mauvais et la mer plus
grosse. Le courant du *Gulf-stream* faisait sen-

tir son action, et pendant deux jours le vapeur eut à lutter contre des vagues formidables, en même temps que les orages ne cessaient pas. La mer des Antilles est d'une navigation souvent difficile et même dangereuse, en raison des courants d'eau chaude venant de l'Équateur et qui se précipitent au fond du golfe du Mexique, et elle est le théâtre de fréquentes convulsions atmosphériques : orages, tornades, ouragans, cyclones, auxquelles les navires échappent quelquefois avec peine. Mais cette fois, on en fut quitte pour un roulis désordonné, et le douloureux sinon terrible mal de mer éprouva fortement les passagers du *Franklin*. Le baron fut horriblement malade et ne put quitter, quatre jours durant, sa cabine, tandis que ses deux compagnons demeuraient à peu près indemnes.

Le chef de l'expédition, le commanditaire du clubman, voyageur malgré lui, Moirier en un mot, était soucieux, et ce mauvais temps persistant l'inquiétait, car il craignait d'arriver trop tard dans l'isthme, alors que l'automobile l'aurait franchi et laissé en arrière.

Déjà le bateau avait deux jours de retard, et, ballotté par les lames, il n'avançait guère.

Enfin, le 25, le temps s'apaisa un peu, et le capitaine, donnant la route au sud, vint reconnaître le cap Gracias a Dios sur la limite du Honduras et du Nicaragua. Le *Franklin* s'engagea ensuite dans les *cayos*, archipels et bancs de sable qui forment une multitude de petites îles le long de la côte, et rendent son abord souvent dangereux. Cependant on sortit sans incident de ce labyrinthe ; la baie des Moustiques fut traversée en droite ligne du nord-ouest au sud-est, et le 28 avril au matin, le

bâtiment s'amarrait au quai de Colon-Aspinwall, où il devait faire escale avant de repartir
pour Carthagène, en Colombie, point terminus
de son parcours.

Les deux Français et le Yankee leur digne
acolyte ne furent pas des derniers à quitter le
bord, et leur premier soin fut de gagner le Palace-Hotel, où tous les voyageurs traversant
l'isthme, venant de l'océan Pacifique, ou s'y
rendant par le chemin de fer de Panama, font
une station. Les journaux et revues de tous les
pays garnissaient une longue table du vaste
salon de l'hôtel servant de bibliothèque. Moirier fouilla parmi les journaux locaux et
américains les plus récemment publiés et cher-
cha parmi les nouvelles télégraphiques du
jour. Enfin, il découvrit ce qu'il cherchait ; le
nom du comte de Chavail avait frappé ses
yeux, et il poussa une exclamation étouffée.

— Eh bien ! qu'y a-t-il donc ?... s'empressa
Le Rosay.

— Il y a que nous arrivons à temps ! Chavail a fait son entrée avant-hier à Managua et
l'on annonce qu'il est reparti pour San-José,
où il a du arriver hier soir. Par conséquent, il
peut arriver cette nuit ou demain à Panama !

— Qu'allons-nous faire, en ce cas ? interrogea Sam Buckley.

— J'ai réfléchi à la marche que nous devons
suivre si nous voulons réussir cette fois, reprit le sinistre personnage. Une ligne de chemin de fer traverse l'isthme, de Colon à Panama : nous allons le prendre jusqu'à la station
de la Culebra, où s'arrêtent les travaux du
fameux canal interocéanique commencé par les
Français et resté inachevé depuis l'année 1892.

La Culebra étant un village assez important, nous pourrons sans aucun doute nous y procurer des chevaux...

— Le baron fit un geste comme pour interrompre, mais l'usurier poursuivit :

— Nous aurons des chevaux, ce qui nous permettra de nous rendre rapidement à quelques lieues de là chercher un endroit propice, sur la route de Santiago de Costa-Rica à Panama, que doit forcément suivre la voiture, pour dresser une bonne petite embuscade. Et vous verrez que, cette fois, il ne nous échapperont pas !...

— Cela me paraît bien imaginé, déclara le Yankee, en secouant sa tête hirsute. En route !...

La distance entre Colon-Aspinwall et la Culebra ne dépasse pas une douzaine de lieues que le train franchit en un peu plus de deux heures. Débarqués à sept heures du matin du *Franklin*, les trois associés déjeunaient rapidement à midi à la Culebra et se dirigeaient vers San-Carlos, montés chacun sur un petit cheval du pays. Le baron et l'Américain étaient d'excellents cavaliers, mais il n'en était pas de même de l'ancien agent d'affaires, qui eût préféré à la selle mexicaine où il s'emboîtait, un bon rond de cuir sur un fauteuil de moleskine.

Enfin, cahin-caha, et se cramponnant fébrilement au pommeau de la selle à chaque tournant, Moirier atteignait à quatre lieues de la Culebra, le pont de lianes, dont l'agencement singulier frappa son attention.

— Inutile d'aller plus loin, dit-il, voilà qui va faire notre affaire !...

— Que voulez-vous dire ? interrogea Le Rosay.

— C'est bien simple. L'un de nous, — vous,

si vous voulez baron, — va se poster à quelques
centaines de mètres en avant sur la route pour
guetter l'arrivée de l'automobile. Dès qu'il l'entendra, il donnera un coup de sirène pour
nous avertir. Alors, Sam et moi entaillons en
partie à coups de couteau les lianes qui sou-
tiennent le tablier du pont et, cela fait, nous
nous embusquons derrière un buisson pour saluer au passage avec nos carabines nos aimables
compatriotes.

— Mais pourquoi tant de complications ? Il
serait plus simple de scier de suite les lianes !

— Et si une autre voiture que l'auto vient
à passer, ou même un piéton, et que ce pont
branlant s'écroule ?.... Le chemin sera coupé,
l'alarme donnée, et nos hommes avertis feront
un crochet par une autre route et nous échapperont encore !...

— Cela est vrai, vous avez raison, mon cher
Moirier ; donnez-moi donc la trompe que je
puisse vous donner le signal convenu !

Mais les trois bandits en furent ce jour-là
pour leur attente, et à part deux charrettes et
quelques cavaliers, ils n'entendirent pas le
teuf-teuf caractéristique du moteur. Ils se passèrent en vain de dîner pour guetter jusqu'à
dix heures du soir, rien n'apparut et force leur
fut de dégagner bredouilles l'auberge de la Culebra.

— Nous reviendrons demain, après-demain,
jusqu'à ce qu'ils arrivent ! déclara Moirier. Ils
ne peuvent pas prendre une autre route que
celle-ci !

Ce jour-là, l'aigrefin fut plus prévoyant que
la veille et il se munit de provisions pour pouvoir passer, s'il le fallait, la journée entière
dans la brousse.

La journée s'avançait ; rien n'apparaissait sous le couvert des arbres, la chaleur était accablante, et Moirier allait se laisser aller à une douce somnolence, quand, dominant le bourdonnement confus de la forêt, le bruit strident de la sirène retentit dans l'éloignement.

— Alerte ! s'écria-t-il. Les voilà !... Vite aux couteaux !...

Sam Buckley sursauta à cet appel et saisit le *bowie knife* qui ne le quittait pas. S'attaquant chacun à l'un des faisceaux de lianes supportant le pont, en quelques secondes les deux hommes eurent tranché la plus grande partie de ces liens végétaux. Le ronflement de plus en plus fort du moteur annonçait que l'auto s'approchait rapidement.

— Là. Voilà qui est fait ! fit avec un sourire sarcastique le Yankee. Et si la culbute qui se prépare n'est pas suffisante, aux fusils !..

Les deux hommes se dissimulèrent sous des buissons à larges feuilles à la sortie du pont.

Passe-Partout apparut et, après un instant d'arrêt, s'engagea sur l'arche branlante.

— Ils sont à nous ! fit alors Sam en abaissant son arme. Feu !...

Les deux coups de carabine éclatèrent comme le pont s'écroulait, et les balles ne portèrent pas. C'est alors que, devant la manœuvre si rapide et hardie des chauffeurs, l'ancien mineur commit l'imprudence, en entendant le choc énorme de la voiture retombant sur la route, de se découvrir à l'œil de lynx de Cordouan. La scène se déroula si rapidement que l'ancien agent d'affaires en demeura un instant stupide, avant de pouvoir reprendre ses esprits, et ce n'est que lorsque Le Rosay, ayant entendu le craquement du pont,

fut accouru à toutes jambes, qu'il était revenu
au sentiment de la situation pour constater la
mort instantanée de celui qui, par cupidité,
s'était fait leur complice. Mais cet abattement
ne dura qu'un instant ; l'aigrefin se redressa et,
avec une colère concentrée, il prononça :

— Ils ont gagné les deux premières man-
ches, mais j'aurai la belle, quand je devrais y
dépenser jusqu'au dernier centime que je possède !

Les deux gredins allèrent rechercher leurs
montures qu'ils avaient attachées à une certaine
distance dans le bois.

— Que faisons-nous du cadavre de Buckley,
demanda Le Rosay à son compagnon.

Celui-ci eut un mouvement de colère.

— Nous n'allons pas nous en embarrasser, je
pense ! Ce sera pâture pour les fauves et les
oiseaux de proie qui ne tarderont pas à net-
toyer cette carcasse !

— Et nous, que faisons-nous....?

Les sourcils froncés, le front barré de rides
profondes, Moirier réfléchissait profondément.

— Nous allons ramener ces chevaux à l'auberge, dîner et gagner aussitôt Panama pour
tâcher de trouver un moyen de locomotion quelconque qui nous permette de rattraper ce Châ-
vail. Je ne m'avoue pas vaincu, mais, puisque
la force n'a pas réussi, j'emploierai la ruse.

Les deux associés revinrent au pas à la Culebra, en discutant sur les moyens de rejoindre,
une fois encore, l'automobile et ses occupants.
Il ne passe que deux trains par jour, dans les
deux sens, sur la ligne Colon-Panama ; heureusement ils arrivèrent à temps pour prendre
celui du soir, et, dès leur sortie de wagon, les

deux hommes se dirigèrent en toute hâte vers
le port pour s'enquérir du mouvement des pa-
quebots pour l'Amérique du Sud.

Une vive animation régnait sur les quais
bordant le Pacifique. En questionnant les matelots, le baron apprit que le paquebot *Maroni*,
faisant le service des principaux ports du Pérou
et du Chili, allait lever l'ancre à minuit. Déjà
la sirène d'appel mugissait, éveillant les échos
des sierras avoisinantes, pour appeler à bord
les passagers retardataires.

— Cela, c'est une chance !... pensa Meirier.

Il se dirigea rapidement, suivi de son acolyte,
et accompagné d'un *peone* traînant les bagages,
vers le quai d'embarquement, et s'engagea rapidement sur la passerelle donnant accès au bâtiment. Aussitôt, le pied sur le pont, il demanda
à parler au capitaine. Celui-ci, un Espagnol au
teint cuivré, l'air quelque peu rébarbatif, ne
tarda pas à se présenter.

— Que me voulez-vous, dit-il brusquement.
Parlez vite, je suis pressé, car nous allons dé-
raper !

— Simplement vous demander, capitaine,
répondit Le Rosay qui baragouinait un peu
l'espagnol, quelle doit être la première escale
de votre navire ?...

— Esmeraldas, pour débarquer les voyageurs
à destination de Quito.

— Diable !... C'est que nous allons à Santa-
Fé !

— Que voulez-vous que j'y fasse !...

— Ne pourriez-vous pas nous faire débarquer sur un point de la côte plus rapproché ?

— Impossible ! Notre itinéraire ne comporte
aucun arrêt intermédiaire.

— Mais en payant une prime spéciale ?...

Le loup de mer réfléchit quelques secondes.

Il versa en bonnes banknotes anglaises deux mille francs
(Page 54)

— Il est absolument urgent que nous soyons
dans trois jours au plus tard à Santa-Fé !

— Eh bien, on tâchera d'arranger la chose.
Mais je n'ai pas un instant à moi, l'heure du
départ va sonner et j'ai encore des connais-
sements à signer. Nous en reparlerons en route!

Sur ces mots, le capitaine s'éclipsa.

— Eh bien, qu'a-t-il décidé ? questionna
Moirier, impatient.

— Rien du tout, répondit le baron. Mais
j'espère cependant que nous obtiendrons d'être
débarqués en temps utile.

La chose s'arrangea en effet, mais aux dépens
de la bourse de l'ancien agent d'affaires. Le
capitaine, en même temps qu'excellent marin,
était un homme pratique et qui savait compter.

— En m'obligeant à ranger la côte pour vous
déposer au cap Corrientès, dit-il, c'est un détour de cinquante milles que vous me forcez à
faire, et c'est une perte de quatre heures. En
estimant chaque heure à cent piastres seulement, vous voyez ce que vous coûtera la faveur
que vous demandez.

— Marché conclu ! répondit froidement Moirier qui voulait à tout prix rejoindre le comte
de Chavail. Voici le montant de notre passage !
Veuillez faire activer la marche du navire, je
vous prie !

Et il versa en bonnes banknotes anglaises
deux mille francs dans les mains du marin.

Le *Maroni* avait quitté le port de Panama à
une heure du matin ; il traversa pendant la
nuit le petit archipel de Las Perlas (les Perles)
et au matin il voguait en plein large, laissant le
golfe de Panama en arrière. C'était un bon mar-
cheur que ce bâtiment, car, avant le coucher

du soleil, il arriva en vue du cap Corrientes.
L'Océan était calme et méritait son nom de Pacifique.

Il transporta sur ses épaules les deux hommes
jusqu'à la terre (Page 56)

— Une chaloupe à la mer, commanda le capitaine, après avoir donné l'ordre de stopper la
machine.

Une embarcation, dans laquelle les deux
Français et une équipe de matelots avaient pris
place, fut descendue de ses porte-manteaux et
dansa bientôt sur les vagues.

— Avant partout ! dit le patron à ses hommes qui se courbèrent sur les avirons.

En moins de cinq minutes, la chaloupe parvint au rivage, à peine éloigné de quelques
encâblures.

— Stop ! cria le patron.

Le bateau s'arrêta. Un des matelots sauta à
l'eau, qui lui vint à peine aux genoux et il
transporta sur ses épaules les deux hommes
jusqu'à la terre ferme.

A Dios ?... remercia-t-il en empochant le
pourboire que le baron lui avait glissé dans la
main, et en courant reprendre sa place dans la
barque qui rallia le navire.

A peu de distance de l'endroit où ils venaient
d'être ainsi débarqués, les deux hommes aperçurent une agglomération de huttes assez gros-
sières, formant un demi-cercle autour de l'estuaire d'une petite rivière, la Tarifa. Ils s'y
dirigèrent sans perdre un instant et Le Rosay
s'enquit d'un moyen de locomotion quelconque.
Il finit par obtenir deux chevaux et un guide
pour le conduire à Rasparada, au pied de la
chaîne du Chaco, et de là à San-Sablo sur la
rivière de San-Saan, dans la vallée longitudi-
nale qui sépare les deux chaînes parallèles des
Cordillières.

S'accordant à peine un instant d'arrêt pour
les repas et le sommeil, les deux associés mirent

trois jours à franchir les cent lieues séparant la côte du Pacifique de la capitale de la Nouvelle-Grenade ou Colombie, Santa-Fé de Bogota, où ils comptaient rejoindre Chavail. Enfin la Magdalena fut atteinte et traversée à Ibaguo, village situé au confluent de la Bogota, petit cours d'eau qui prend sa source dans le chaînon le plus oriental des Andes, et, le 4 mai à six heures du matin, les cavaliers faisaient leur entrée à Bogota, ville de 140.000 habitants, siège du gouvernement de la Colombie. Ils étaient harassés de fatigue, mais toutes ces difficultés n'avaient fait qu'attiser le désir du chef de l'entreprise d'arriver à ses fins et de dresser une embûche devant laquelle succomberait enfin l'automobiliste, qui, jusqu'alors, avait échappé par miracle aux obstacles dressés sur sa route.

Une vive effervescence régnait dans la grande cité des Andes, et, malgré l'heure matinale, une foule bruyante semblait converger vers un point central de la ville, et attirée par un événement quelconque. Le baron s'informa de la cause de ces rassemblements.

— *Valgame Dios !...* s'exclama un Colombien. Mais c'est tout à l'heure que va s'effectuer le départ pour le Brésil de la voiture qui marche sans chevaux, et on va la voir passer.

Les deux hommes échangèrent un regard.

— Hé bien ! nous arrivons à temps !... grommela l'homme d'affaires.

— Que pensez-vous que nous devions faire alors ? interrogea, hésitant, le baron.

— Laissons nos chevaux à la garde de notre guide et suivons la foule, répliqua Moirier.

Quelques minutes plus tard, les deux complices arrivaient devant un monument de vastes

proportions, qui n'était autre que le Palais du
Gouvernement, devant lequel se pressait une
foule plus dense encore que dans les rues tor-
tueuses de la cité des montagnes, et qui attendait la sortie des automobilistes pour les accla-
mer.

Sans aucunement se soucier des jurons et des
récriminations de ceux qu'il bousculait, Moirier,
suivi de son compagnon, se faufilait entre les
rangs pressés des badauds ; enfin il parvint à se
dégager, et un coup d'œil lui montra sous le
portail de l'entrée monumentale la silhouette
bien connue de *Passe-Partout*, mais sans ses
voyageurs.

— Vite, souffla-t-il à l'oreille de son acolyte, tâchons de nous approcher de la voiture,
c'est le moment.

. . . .

Revenons un instant en arrière pour indiquer sommairement comment les automobilistes avaient franchi la distance séparant Panama de Santa-Fé de Bogota.

Nous avons dit que Lucien de Cordouan n'a-
vait fait qu'entrevoir la dernière convulsion
de Sam Buckley sur lequel il avait tiré.
Toutefois, il se doutait que la balle avait dû
porter, car il prononça froidement, en glissant
une nouvelle cartouche dans son arme.

— En voilà toujours un, au moins, qui ne
nous mettra plus de cailloux sous nos roues !...

— Quoi ! tu as tué ce malheureux ! fit le
comte de Chavail sans tourner la tête, tout
occupé qu'il était de conduire *Passe-Partout*
et de fuir au plus tôt ces parages dangereux.

— Je l'espère !... Tu ne vas pas, je suppose,
t'apitoyer sur le sort de ces bandits inconnus

qui nous tirent dessus sans aucune provocation, après avoir préparé la chute du ponceau !...

— Quoi ? tu penses que cette chute a été provoquée volontairement ?...

Cordouan sursauta.

— A quelle autre cause attribuerais-tu donc alors cette rupture de lianes de soutien, juste à point nommé ?...

— Tout simplement au poids du véhicule qui nous porte et à l'ébranlement de toute l'ossature du pont sous l'effet des trépidations du moteur !

Le jeune homme, sa carabine toujours sur ses genoux et l'œil aux aguets, fit entendre un ricanement sarcastique.

— Eh bien, vrai, là !... dit-il, tu en as une candeur de ne voir qu'une cause toute naturelle à cet accident qui a failli nous casser les os !...

— Que crois-tu donc, toi ?

— Ce que j'ai vu. Les lianes supportant le pont avaient été en partie tranchées quelques instants avant que nous arrivions, et il ne restait que juste ce qu'il fallait pour maintenir le tablier. Et, pour être plus sûrs de ne pas nous rater, ceux qui avaient machiné ce petit traquenard ont commencé par nous saluer d'une bordée de coups de fusil.

— Tu pourrais bien avoir raison, et c'est une vraie chance que nous ayons pu encore nous tirer indemnes de ce guêpier. Si c'était une embuscade, elle était bien agencée, mais quel pouvait être le but de nos agresseurs ?... Nous détrousser ?...

— Hum !... fit Cordouan en appuyant son index sur l'une de ses narines, j'ai bien une idée...

— Laquelle ?...

— Non, rien !... je suis fou.

Et malgré l'insistance de son ami, le jeune homme refusa de s'expliquer plus clairement sur le soupçon bizarre qui lui avait traversé l'imagination.

Deux heures plus tard, l'auto arrivait à Panama. A peine ses conducteurs l'avaient-ils remisée dans la cour d'un des hôtels bordant les quais du Pacifique, qu'ils demandaient à être présentés aux autorités de la ville afin de les prévenir de l'attentat dont ils avaient failli être victimes dans les gorges de la Culebra. Ils furent reçus par un agent subalterne de la police, qui accueillit leur déposition avec de grands gestes d'étonnement et une surabondance de paroles véritablement méridionale. Il est vrai que l'on était presque sous l'équateur ! Enfin, il promit qu'une enquête serait faite et la contrée purgée des malfaiteurs qui se mettaient ainsi à l'affût pour dépouiller les voyageurs.

Ce qu'il considérait comme un devoir une fois accompli, le comte de Chavail se rendit au bureau télégraphique et câbla à l'*Auto-Club* la nouvelle de son arrivée à Panama et de son prochain départ pour l'Amérique du Sud. Puis, après l'inspection journalière réglementaire du mécanisme de l'automobile, il alla prendre un repos bien gagné.

En deux jours, et sans incidents dignes d'être notés, *Passe-Partout* parvint à Antioquia, chez-lieu de la province du même nom, situé sur le Rio Cauca. Après avoir revu un moment les flots glauques de l'Atlantique au fond du golfe de Darien, les bourgades de Atrato, Murry, Medellin, San-Carlos, sur le rio Nares, furent successivement laissées en arrière, puis les deux globe-trotters virent leur route barrée par le Magdalena, dont ils remontèrent le cours pendant une quarantaine de lieues, jusqu'à Chiginquira, où ils trouvèrent un pont. A Punsa, village de 2.000 habitants, ils commencèrent à escalader les premiers contreforts des Andes pour gagner, par des chemins dont la viabilité laissait fort à désirer, car c'étaient plutôt des sentiers muletiers que des routes, la capitale de la Colombie.

L'arrivée de l'automobile dans la ville principale des Etats-Unis de Colombie causa une émotion indescriptible, car jamais voiture mécanique ne s'était hasardée dans ces régions éloignées, et l'on n'y connaissait cette nouvelle invention que par les journaux américains. Les moyens de communication dans ce qui s'appelait autrefois la Nouvelle-Grenade, sont encore des plus rudimentaires ; c'est à peine si ce pays si vaste possède cent kilomètres de chemins de fer, et tous les transports se font par eau, ou à dos de mulet dans les montagnes. On peut concevoir quel put être l'enthousiasme de la population de Santa-Fé en voyant évoluer *Passe-Partout* et en apprenant qu'il arrivait en ligne directe de Paris — en passant par le détroit de Behring.

Quoi qu'ils en eussent, les Français durent se résoudre à séjourner deux jours dans la cité des montagnes et devenir les hôtes de la municipalité et du gouvernement fédéral, qui, avec une promptitude extraordinaire et une spontanéité pleine de cordialité, organisèrent une fête grandiose en l'honneur des deux voyageurs. C'était, avec le soleil des tropiques en plus, la réédition de l'accueil qui avait été fait à l'auto à Dawson.

S'il avait pu se douter des suites qu'allait entraîner cette condescendance à satisfaire la curiosité d'un peuple, combien Cordouan eût mis de soin à éviter ce pays par trop enthousiaste !

Mais le destin était sans doute que les intrépides chauffeurs fussent retenus pour permettre à leurs ennemis de les rejoindre et leur porter un nouveau coup, plus terrible que les précédents.

Ces deux journées furent un triomphe continuel pour les jeunes gens.

— Trop de fleurs ! grommelait Lucien. En voilà du temps de perdu !...

Mais il ne fallait pas donner aux étrangers une mauvaise opinion des Français, qui ont, par delà les mers, une réputation de politesse et d'amabilité sans égale ; d'ailleurs, l'éducation des deux amis était parfaite, et ils s'efforcèrent de se tenir à la hauteur du rôle qu'ils étaient obligés de jouer.

Enfin, comme dit le proverbe, il n'est de si bons amis qui ne se quittent ; après avoir subi les discours des représentants des autorités de l'État et de la ville, les aubades des orphéons et les congratulations des diverses délégations, pris part aux lunchs et banquets organisés en leur honneur, les deux chauffeurs purent préparer leur départ.

En prévision d'une longue route à parcourir dans les solitudes du Brésil, le comte de Chavail avait chargé *Passe-Partout* d'une grande quantité de pétrole, capable d'assurer le fonctionnement du moteur pendant un millier de kilomètres environ. Cordouan avait fait main basse sur toutes les provisions d'hydrocarbures liquides existant dans la ville.

Le départ avait été fixé à sept heures précises du matin. Tout était prêt et en bon ordre et l'auto avait été amenée dans la cour du Palais du Gouvernement, où elle était l'objet de la curiosité générale. Une foule de visiteurs l'entourait déjà en se communiquant les réflexions les plus abracadabrantes, les plus imprévues sur la nature ou le but de tel ou tel organe de la machine.

Un vivat formidable accueillit les Français quand, à l'heure dite, ils firent leur apparition et prirent place dans la cabine vitrée de l'avant. Toutes les mains se tendirent vers eux, et les sombreros et les panamas quittèrent les têtes d'un mouvement unanime. Le comte de Chavail et son ami saluèrent, et les acclamations redoublèrent.

Les accents de la *Marseillaise*, scandée par tous les cuivres de la fanfare de Bogota, firent vibrer les échos, et *Passe-Partout* s'ébranla doucement, escorté de son armée d'admirateurs qui l'accompagnèrent jusqu'aux portes de la capitale transandine.

— Adieu, senors ! cria une dernière fois Cordouan. Et vive la Colombie !...

— Vive la France !... répondirent unanimement les spectateurs.

Et activant son allure, l'automobile disparut dans un tourbillon de poussière à un détour de la route du Paso, conduisant à la trouée des Andes et au Brésil.

. . . .

Au même instant, deux hommes qu'à leur accoutrement on pouvait reconnaître pour des Européens, rejoignaient un cavalier qui tenait en main deux chevaux sellés.

— Nous n'avons plus rien à faire ici, baron, disait l'un de ces deux hommes.

— Vous croyez que... ?

— Je pense que si, cette fois, nos oiseaux se tirent d'affaire, c'est qu'ils seront sorciers !

— Et alors ?...

— Alors, je crois qu'on n'entendra plus jamais parler d'eux, après le petit tour que je leur ai joué sans qu'ils s'en doutent. Par conséquent, nous pouvons rentrer tranquillement chez nous, pour en terminer avec votre mariage.

— J'en accepte l'augure. En route donc pour l'Europe, mon cher ami !...

Et, sautant en selle, les deux étrangers, en lesquels on a pu reconnaître Moirier et Le Rosay, s'éloignèrent au grand trot.

CHAPITRE XIX

LA GRANDE PANNE

En argot de chauffeur, la « panne » est l'arrêt subit du moteur, dû à des causes extrêmement variées, car il peut provenir d'un dérangement de l'un ou l'autre des organes de la machine. Suivant le cas, la « panne » — puisque panne il y a — peut être anodine ou présenter plus ou moins de gravité, selon que c'est telle ou telle partie du mécanisme qui se trouve affectée.

Devant l'échec des coups de force tentés contre l'automobile *Passe-Partout*, qui méritait bien ce nom que lui avait donné le comte de Cordouan, l'ex-agent d'affaires Moirier s'était juré à lui-même de faire avorter par une ruse quelconque l'entreprise que, dans un mouvement d'amour-propre juvénile, le comte Louis de Chavail avait parié de mener à bonne fin. Et en fouillant dans son esprit fécond en roueries, il s'était avisé d'un nouveau moyen par

3

lequel l'automobile se trouverait irrémédiablement mise hors de service, à moins que, par une chance providentielle, son conducteur ne s'aperçût à temps de l'avarie.

Pour répondre aux témoignages d'admiration et d'amabilité des chefs du gouvernement des États-Unis de Colombie, les deux chauffeurs n'avaient pu faire autrement que de s'arrêter deux jours à Santa-Fé de Bogota, capitale des États, où leur arrivée avait suscité un enthousiasme impossible à décrire. Ces deux journées n'avaient été qu'une suite ininterrompue de réceptions, de fêtes, de galas et de banquets, et, si les jeunes gens avaient écouté leurs hôtes, leur séjour aurait pu se prolonger indéfiniment, mais ils avaient hâte de partir et d'achever leur traversée du continent américain, d'un océan à l'autre, pour revenir en Europe au plus tôt.

Ce retard permit à leurs ennemis, Moirier et son protégé le baron Le Rosay, d'arriver à temps et de profiter d'un instant d'absence, employé par les voyageurs à faire leurs adieux au gouverneur de Bogota et aux autorités de la province, pour s'approcher de la voiture, et, grâce au tumulte et à l'émotion générale, de préparer en un tour de main la panne qui, dans un temps plus ou moins long, mettrait l'appareil hors de service.

L'action de l'aigrefin était passée inaperçue dans la fièvre universelle des spectateurs ; d'ailleurs l'opération avait été prestement exécutée, et aussitôt le sinistre personnage et son digne acolyte s'étaient perdus dans la foule. Ils ne se souciaient ni l'un ni l'autre d'être aperçus par ceux qu'ils poursuivaient depuis la frontière septentrionale du Mexique.

L'automobile, suivie d'une partie de la population de Santa-Fé, s'était dirigée vers le « Paso », col situé au nord et à cinquante kilomètres environ de la ville et qui permettait de communiquer avec l'autre versant de la chaîne des Andes. Bogota étant située à 2.645 mètres de hauteur et le col s'ouvrant à l'altitude de 3.000 mètres environ, la route, ou mieux, le chemin muletier conduisant au « Paso » présentait de nombreuses pentes, dont certaines atteignaient une inclinaison de 12 à 15 pour 100, nécessitant la manœuvre continuelle des leviers de changement de vitesse.

Mais en trois mois de voyage sans arrêt et après un parcours de plus de vingt-cinq mille kilomètres par tous les genres de terrains possibles, les chauffeurs s'étaient aguerris et aucun événement de route n'était plus susceptible de les émouvoir. Ils commençaient, comme on dit vulgairement, à en avoir vu de toutes les couleurs.

Les premiers kilomètres furent dévidés en silence. Ce fut le comte de Chavail qui prit la parole en se tournant d'un air étonné vers son ami.

— Qu'as-tu donc ce matin, mon cher Lucien ?... Tu ne desserres pas les dents !...

— Tiens, j'ai les cordes vocales élimées, depuis deux jours que je ne cesse de porter des toasts et de répondre à des discours. Je me repose, je ne suis pas de fer ! Comme cela, j'ai le temps de penser un peu.

— Et sans être curieux, pourrai-je savoir ce qui occupe ta pensée ?...

— Tu tiens à le connaître ?...

— Si la chose ne te fatigue pas...

— Eh bien, je vais te le dire. Je me demandais ce que l'on fait à Paris pendant que nous roulons le long de tous les chemins du globe pour satisfaire à un absurde pari.

— Mais tu le sais fort bien, puisque nous avons trouvé à Panama toute une volumineuse correspondance qui nous a édifiés sur ce qui peut nous intéresser.

— En effet, une correspondance vieille déjà de trois semaines !

— C'est le temps que met le paquebot-poste à apporter les lettres d'Europe.

— Et tu ne penses plus à Mlle de Puy-Mirande ?...

Chavail sursauta sur son siège et imprima involontairement au volant de direction une telle impulsion que *Passe-Partout* faillit franchir l'étroite corche qu'il suivait et qui longeait à plusieurs centaines de mètres au-dessus d'une vallée boisée, le flanc de la montagne.

— Aïe, fit Cordouan, attention ! Ne va pas nous faire dégringoler dans le ravin ! Qu'est-ce qui te prend ?...

— C'est ta question. Elle a de quoi me surprendre, avoue-le.

— Je me demande en quoi, par exemple ! Dans tous les cas, elle n'est pas assez extraordinaire pour que tu veuilles nous faire redescendre en quatrième vitesse sur Bogota.

Le comte reprit son calme habituel, et tout en souriant :

— Certes, je songe que chaque tour de roue de *Passe-Partout* nous rapproche de Paris, où j'ai laissé tous mes espoirs.

— Et tu ne te préoccupes pas de ce qui peut survenir pendant ta longue absence ?...

— Que veux-tu qui arrive ?...

Le jeune homme se croisa les bras avec une feinte indignation.

— Voilà une réponse qui ne fait guère honneur à ta perspicacité ! Tu me fais pitié, vraiment, et l'on peut penser qu'en dehors de ta damnée mécanique à pétrole, rien ne t'intéresse plus ! Pourtant, que t'ai-je dit et répété plus de cent fois ?...

Le chauffeur secoua la tête en souriant doucement.

— Ah ! tu en reviens toujours à ta marotte, de croire que le pari que j'ai fait d'exécuter le tour du monde en automobile a été manigancé par des gens qui avaient intérêt à me voir disparaître, afin d'avoir le champ libre pour réussir dans leurs ténébreux desseins ?...

— Certes, j'y reviens, et je n'en démordrai pas !

— Mais tu sais bien que notre ami Valcourt nous a appris, dans une dépêche, que l'homme que tu considères comme mon rival : le baron Le Rosay, je crois, a disparu de la circulation et qu'il est parti en voyage pour une destination inconnue.

— Hum !... hum !...

— Que supposes-tu donc.... que crains-tu ?... Parle donc, explique-toi !

— Que veux-tu que je te dise !... Je n'ai aucune preuve, mais, malgré tout, j'ai des appréhensions, un pressentiment de ce qui peut se mijoter dans le silence et le mystère. Ah ! que je voudrais que nous n'eussions pas, comme deux têtes folles que nous sommes, entrepris ce voyage absurde !...

— Allons, tu es de mauvaise humeur ce

malin, tu as des papillons noirs, mon bon Lucien, c'est la suite des fêtes d'hier et aussi l'effet du décor dans lequel nous nous mouvons.

En effet, le paysage était d'une sauvage grandeur, et l'automobile escaladait péniblement un chemin rocailleux taillé dans un amoncellement cyclopéen de roches granitiques lavés par les pluies, et sur lesquels quelques rares mousses jaunâtres avaient pu à peine s'implanter. Sur les flancs des montagnes voisines, des forêts de sapins formaient comme un tapis velouté, et, jusqu'à l'horizon, s'étageait une armée de pics et de sommets boisés, d'un aspect tourmenté et chaotique, constituant le système orographique de la frontière orientale des Etats-Unis de Colombie.

Après avoir passé sa main sur son front comme pour chasser les idées importunes qui le harcelaient, le jeune homme reprit la parole :

— Enfin, laissons cela, murmura-t-il. L'avenir nous apprendra si je me suis trompé. Parlons d'autre chose, et explique-moi comment il se fait que, par ce radieux soleil de mai qui darde ses rayons sur nos têtes, j'aie cependant les pieds gelés ?...

— Par une raison bien simple, répondit avec empressement son compagnon. C'est que nous sommes à près de 3.000 mètres au-dessus du niveau de la mer, et tu n'ignores pas que la température décroît à mesure que l'altitude augmente. C'est ainsi que les ballons-sondes chargés de thermomètres enregistreurs ont accusé des froids de 60 à 70 degrés à 15.000 mètres de hauteur dans l'atmosphère.

— En plein soleil ?...

— En plein été, et à midi, mais les appareils étant abrités du rayonnement direct de l'astre à l'intérieur d'un panier parasoleil bien ventilé, de façon à indiquer la température exacte du milieu. Tu sais, d'ailleurs, que les températures doivent toujours être prises à l'ombre.

Mais Cordouan n'écoutait plus les savantes explications de son ami.

Passe-Partout venait d'atteindre le plateau supérieur, à l'extrémité duquel devait se trouver le défilé donnant accès à l'autre versant, et, sur des pointes de rochers hérissant le bord du chemin, Lucien de Cordouan distinguait des silhouettes étranges.

Soudain il saisit sa carabine, ajusta un instant, et pressa la détente.

Le bruit de la détonation, répété par les échos, roula longuement, comme un coup de tonnerre, dans les gorges du *paso*.

— Je le tiens ! s'écria le jeune homme, radieux.

— Quoi ?... Qu'as-tu tué ?... interrogea Chavail.

— Un dindon magnifique qui était perché sur un rocher ! Il va faire notre dîner !

— Un dindon par ici, sur les crêtes des Andes, fit l'explorateur avec une pointe d'incrédulité railleuse, c'est impossible. Je demande à voir.

— Eh bien ! arrête un instant, je vais aller te chercher la volaille que j'ai décrochée de son perchoir, et que j'ai vue dégringoler derrière ce gros roc, là-bas.

— Volontiers, d'autant plus qu'il faut que

j'inspecte un instant la machine, car il me
semble que le moteur chauffe un peu.

Le chasseur sauta à terre, à peine le véhicule arrêté, et, avec l'agilité d'un chat, il grim-
pa d'un rocher à l'autre, pendant que son ami
examinait, sans rien découvrir d'anormal, le
mécanisme de *Passe-Partout*. Tout d'un coup,
le chauffeur entendit une exclamation de dépit
et de surprise. Redressant la tête, il aperçut
Cordouan debout sur un monolithe gigantesque et poussant du pied un énorme oiseau
mort, dont la dépouille vint rouler à quelques
pas de la voiture.

— Eh quoi ! fit-il, voilà ce que tu fais de ton
gibier ?...

Le jeune homme sauta lestement à bas de
son piédestal.

— Fameux gibier, en effet, grommela-t-il,
d'un air de courroux comique. Il est frais, mon
dindon d'Amérique, et c'est bien plutôt moi qui
en suis un !... Regarde-moi cela, faut-il que je
me sois trompé, à moins de cent mètres de distance !...

Louis de Chavail ne voulut pas ajouter à la
confusion du chasseur.

— L'œil le plus expérimenté commet quelquefois des erreurs singulières, dit-il sérieusement, et il n'y a pas à déplorer ton coup de
fusil, car tu as mis à bas un magnifique spéci-
men du grand vautour des Andes, ou condor,
comme on l'appelle ordinairement. Et ce qui
rend la chose encore plus intéressante, c'est
qu'il paraît que cet oiseau devient maintenant
très rare.

— Comment cela ?...

— Oui, en raison de l'emploi considérable
qui est fait dans l'industrie des plumes de cet

animal, le condor, qui est le plus puissant voilier de la nature, puisque c'est celui qui s'élève le plus haut dans les airs, est l'objet d'une chasse continuelle et qui menace, à ce que j'ai lu quelque part, d'amener à bref délai la disparition de cette race.

— Si bien que c'est peut-être l'un des derniers spécimens que j'ai abattu ?...

— Je ne vais pas jusqu'à dire cela. Mais dans tous les cas, il est magnifique.

L'oiseau ne mesurait pas moins, en effet, d'un mètre de longueur, et chaque aile étendue avait plus de deux mètres. On comprenait que ce volateur devait être le roi de l'atmosphère et capable de dominer dans son essor les pics les plus sourcilleux, les sommets les plus formidables des Andes.

— Quel malheur que de ne pas pouvoir rapporter jusqu'en Europe ce souvenir de voyage, murmura Lucien de Cordouan. Soigneusement empaillé, debout sur un perchoir et ses vastes ailes étendues, il ne ferait pas mal dans mon cabinet de travail, ce vautour !...

— Dis plutôt « sarcoramphe », rectifia Chavail. C'est le nom scientifique du condor.

— Va pour sarcoramphe, si tu y tiens. Moi, je l'avais pris d'abord pour un dindon.

Donnant un dernier regard à ce trophée de victoire qu'il abandonna, non sans regret, sur une pointe de rocher, le jeune homme reprit sa place dans la logette auprès de son compagnon qui avait remis le moteur en route.

Une heure après, *Passe-Partout* franchissait le col ou « paso » et aux yeux de ses occupants apparut le versant oriental des Andes, le long duquel la route se déroulait en lacets successifs. Le panorama était grandiose, et la vue

s'étendait sur une succession de pics boisés, aux
arêtes tranchées à vif en certains points, et
séparés par de profondes vallées. A l'extrême
horizon, dans l'évasement entre les derniers
ressauts du sol, s'apercevaient les plaines du
Brésil qu'incendiaient les rayons du soleil de
l'équateur.

La force propulsive du moteur devint bientôt inutile, vu la déclivité de la route. Pour éviter toute surprise, le chauffeur laissa le moteur embrayé en deuxième vitesse, et coupa
l'allumage, en freinant de temps à autre dès
que la vitesse menaçait de devenir dangereuse
sur ce chemin de montagne pierreux, encaissé
par endroits entre de hautes parois de rochers,
et longeant, l'instant d'après, des ravins dont
la vue donnait le vertige. Mais le comte avait
acquis depuis trois mois une telle sûreté de
main et de coup d'œil, il connaissait si bien le
caractère de *Passe-Partout* qu'il le conduisait
avec une maëstria merveilleuse sur cette route
parsemée d'écueils.

A onze heures du matin, les voyageurs pénétraient dans l'unique rue de Medina, petit village situé à 1.200 mètres d'altitude au fond
d'une ombreuse vallée. La chaleur devenant in-
tolérable, force fut de s'arrêter pendant quelques heures, car il eût été imprudent de continuer de rouler sous ce soleil de feu qui ame-
nait la gomme des pneus à l'état pâteux. Chavail gara donc la voiture sous un hangar occupé
par quelques outils primitifs de culture, et il
se réfugia à son tour dans l'habitation où il
fut bientôt entouré du fermier, de sa famille
et de tout le personnel.

Aidé du vocabulaire espagnol qu'il s'était
procuré aussitôt son arrivée au Mexique, et uti-

lisant les phrases demeurées dans sa mémoire,
l'automobiliste parvint à se faire comprendre ;
il expliqua brièvement les causes de son arrivée et demanda à manger. Aussitôt, les Colom-
biens s'empressèrent, et les Français prirent
place à la table de famille, auprès du fermier.
Celui-ci, nommé Domenico Serranos, s'efforça
de faire le meilleur accueil aux voyageurs qui
lui tombaient, sinon du ciel, tout au moins
de la montagne. L'échange des idées entre
gens ne parlant pas le même langage fut assez
laborieux ; cependant, avec beaucoup de bonne
volonté de part et d'autre, on parvint cependant à se comprendre, tout au moins sur les
points essentiels.

Parmi les provisions dont Cordouan, en garçon prudent, avait bondé la soute aux vivres
de *Passe-Partout* avant de quitter Bogota, se
trouvaient quelques bouteilles de véritable
champagne portant la carte d'une des plus
anciennes maisons de Reims. Pour reconnaître
la franche et cordiale hospitalité des agricul-
teurs transandins, le jeune homme courut jusqu'à l'auto et en revint rapportant deux fla-
cons coiffés d'argent, dont il fit sauter les bou-
chons, pour donner aux habitants des frontières un aperçu de l'un des produits les plus justement réputés de la France lointaine, à peine
connue de nom dans cette région séparée du
reste de la Colombie par une haute barrière de
montagnes.

Il était quatre heures du soir, lorsque la voiture quitta le village de Médina.

La descente de la route en lacets continua
sans incident, et l'automobile traversa plusieurs
petites vallées, au fond desquelles se trouvaient,
abritées dans de hauts ombrages, quelques ag-

glomérations misérables, appelées Bayala, Frelona et Marayal. Enfin, après un dernier ressaut du sol et un dernier crochet de la route, la plaine apparut, immense et avec quelques rares bouquets de palmiers disséminés de loin en loin.

— Est-ce que tu ne t'es pas trompé, par hasard ! fit Cordouan en s'adressant à son ami.

— Hein ! que veux-tu dire ?... demanda celui-ci en tournant la tête.

— Oui, est-ce que tu ne nous as pas ramenés au Mexique, au lieu de continuer la route au sud ? C'est la savane, ça, et il me semble être revenu aux environs de l'Arizona !

— Tu as tout à la fois raison et tort, mon bon Lucien. Raison parce que c'est bien, en effet, la savane que nous foulons à nouveau de nos pneus, et tort parce que ce ne sont pas celles de l'Arizona, mais bien celles de la Colombie. L'Amérique du Nord n'a pas seule le monopole des prairies herbeuses interminables ; le Brésil occidental en possède également, et nous sommes ici dans ce que l'on appelle les *Llanos*, qui s'étendent sur une surface de plusieurs milliers de kilomètres carrés et ne sont limitées que par la grande forêt équatoriale non moins immense et qui va du plateau granitique de la Parime, frontière naturelle du Vénézuéla, jusqu'au fleuve des Amazones, au sud, et aux Andes du Pérou à l'ouest.

— Mais ce pays doit encore être assez mal fréquenté ? Il doit bien aussi s'y trouver quelquel Apaches, comme dans la Sierra Madre ?...

— Non, il n'y a pas d'Apaches, ni de Comanches ou de Sioux, comme dans l'Amérique du Nord.

— Ah ! tant mieux !...

— Mais il ne manque pas, en revanche, d'autres indigènes : les Guaranis, les Omaguas, les

C'était un taureau solitaire... (Page 78)

Galibis, les Mundrucus, les Botocudos, les Tapuyos...

— Qui ont les mêmes habitudes que leurs congénères du Nord ?... Diable !

— La plupart ont des mœurs plus douces, bien que certaines peuplades soient très portées au vol, à ce qu'il paraît. Enfin, le vol simple est préférable à l'assassinat suivi d'anthropophagie, n'est-il pas vrai ?...

Cordouan eut une grimace significative.

— Allons, il va falloir encore nous tenir sur nos gardes ! Si nous ne risquons pas d'être dévorés, il faut au moins éviter de nous faire dévaliser par ces Botocu... comment dis-tu ?...

— Botocudos, Mundrucus et Guaranis.

— Ils ne doivent pas être honnêtes, ces gens-là, avec des noms pareils !... Enfin, s'ils ont la fâcheuse idée de vouloir nous détrousser, on tâchera de ne pas être boto ou mundrucuté, n'est-ce pas ?...

Le comte ne put retenir un éclat de rire, qui se trouva brusquement coupé par la soudaine apparition, sur le côté droit du sentier que suivait l'automobile, d'un animal qui poussa un long beuglement de menace, et fonça, tête en avant, sur le véhicule.

C'était un taureau solitaire, échappé sans doute d'une *ganaderia* voisine, et qui, couché dans les hautes herbes, avait été tiré de son sommeil par le bruit du teuf-teuf. Prenant sans doute *Passe-Partout* pour un ennemi de la race ruminante, l'animal avait lancé sa fanfare de guerre et couru sus à cet intrus qui osait pénétrer sur son domaine.

D'un seul coup d'œil, Chavail avait envisagé la gravité de la situation, et instinctivement, il changea de vitesse et augmenta l'allure de l'auto qui bondit en avant.

Les cornes de la bête furieuse éraflèrent à peine au passage le vernis de la carrosserie, à l'arrière de l'auto, et, emporté par son élan, l'animal ne put s'arrêter avant une centaine de mètres.

Le chauffeur mit cet instant de répit à profit et accéléra encore la vitesse, pendant que Cordouan saisissait sa bonne carabine, qu'il passait en bandoulière, se hissait sur le toit de la voiture pour, du haut de ce poste élevé, viser plus commodément le dangereux adversaire qui venait si subitement d'apparaître.

Un moment étonné de l'insuccès de son attaque, le quadrupède demeura immobile sur ses quatre pieds. Puis, ayant aperçu son adversaire qui fuyait rapidement, il lança de nouveau son cri de guerre et se précipita à sa poursuite.

Au mugissement du taureau, répondirent d'autres mugissements venant de différents points de la plaine, et au-dessus des longues herbes se dressèrent les silhouettes trapues d'innombrables animaux de la même espèce et qui répondaient à l'appel de leur congénère.

— Diable ! murmura Cordouan, toujours juché sur la galerie supérieure de l'automobile, ça se gâte, et c'est toute une armée de bœufs que nous allons avoir à combattre.

La grande richesse des Llanos est, de même que pour la République Argentine, ses immenses troupeaux de bêtes à cornes, qui paissent l'herbe de ces plaines sans fin, et que l'on amène, à certaines époques de l'année, aux grandes villes maritimes, pour être expédiés, sous forme de viande salée et de cuirs, aux Etats-Unis et jusqu'en Europe.

Mais les deux Français n'avaient pas, pour l'instant, le loisir de songer aux profits que donne l'élevage du bétail, pratiqué en grand dans des pâturages vastes comme des provinces. La terre tremblait sous le galop furieux des ruminants qui, de tous les points de l'horizon, accouraient vers *Passe-Partout*, qu'ils considéraient sans doute comme un ennemi d'espèce inconnue, et l'espace s'emplissait de beuglements formant un concert assourdissant.

La course du bœuf est assez rapide, mais elle est loin d'atteindre celle d'un cheval bien lancé; le comte de Chavail put donc, sans trop de peine, maintenir pendant quelques instants son avance sur ses poursuivants dont le nombre s'accroissait d'instant en instant. Sa principale préoccupation était de ne pas rencontrer de front une nouvelle troupe d'assaillants, cas auquel, la route étant barrée, la situation deviendrait critique.

Or, ce fut justement ce qui se présenta quelques instants plus tard, et le jeune homme vit arriver sur lui, à fond de train, une nouvelle harde d'animaux, cornes baissées et soulevant une épaisse poussière dans sa course furibonde.

Il n'y avait pas à tergiverser; le comte aperçut sur sa gauche un chemin encaissé et raboteux; il y lança *Passe-Partout*, pendant que toute la meute, un instant dépistée, s'arrêtait dans son élan et s'entassait en masse compacte. Toujours sur son abri, Lucien, sa carabine à la main, attendait, mais qu'eût fait une balle dans cette multitude ?... Soudain, comme l'automobile franchissait un ponceau jeté en travers d'un petit ruisseau d'eau vive, deux hommes parurent de chaque côté et poussèrent une sonore exclamation en faisant signe aux jeunes gens d'arrêter.

— Stop ! cria Cordouan du haut de son obser-vatoire, il n'y a plus de danger !

En entendant la voix de son ami et voyant les gestes des nouveaux venus, le chauffeur freina et débraya. L'automobile s'arrêta, tandis que les clameurs des ruminants se perdaient dans l'éloignement.

Les automobilistes eurent bientôt l'explica-tion de ce qui venait de se passer. Le chemin de traverse dans lequel ils s'étaient engagés était un sentier d'exploitation conduisant aux haciendas et ranchos de San-Juan de los Llanos. En voyant l'étrange véhicule poursuivi par le bétail, les *rancheros* qui revenaient des planta-tions avaient eu l'idée de fermer derrière eux une forte barrière de bois, sur laquelle était venu se briser l'élan des quadrupèdes. L'auto était désormais en sûreté, et, sous la conduite des *peones* arrivés si heureusement à son aide à l'instant critique, elle s'achemina vers les ha-bitations du village de San-Juan de los Llanos.

— Eh bien, dit Lucien à son compagnon, lorsque la voiture eut été garée dans la cour d'une estancia, je crois que nous l'avons encore échappé belle, cette fois-ci !

Chavail ne répondit pas. Il paraissait sou-cieux.

— Voyons, qu'y a-t-il encore ? Parle ! ajouta le jeune homme.

— Je ne sais pas, mais il me semble que, de-puis notre départ de Bogota, notre moteur souf-fre d'un malaise dont la cause m'échappe, fit enfin l'explorateur.

— Tiens ! qu'est-ce que cela peut être ?... Il tape cependant toujours bien régulièrement.

3..

— Oui, mais il ne fait plus sa force, et je m'en suis aperçu lorsque j'ai voulu forcer de vitesse pour échapper au troupeau qui nous poursuivait.

— Bah ! et c'est pour cela que tu te mets martel en tête ?... Ce sont les accus qui se trouvent probablement déchargés.

— Tu peux avoir raison ; cependant je les avais changés à Panama. Enfin, je verrai !

Le lendemain matin, quand *Passe-Partout* repartit, il ne parut pas qu'il eût jamais subi un malaise quelconque, car il démarra allègrement pour prendre la route du sud-est.

— Nous avons beaucoup de chemin à faire, aujourd'hui ? interrogea Cordouan.

— Non, je ne pense pas que nous dépasserons Viruba, une bourgade située au confluent du Gayavero et du Guaviare, à soixante lieues d'ici.

— C'est vrai qu'il n'est guère possible de rouler pendant la grande chaleur ! Enfin, espérons que nous ne ferons pas de fâcheuse rencontre comme hier. C'est assez émotionnant, sais-tu, ce match de vitesse avec une armée de taureaux !...

Pendant toute la matinée la voiture roula sur un épais tapis d'herbes desséchées, la saison des pluies qui revivifie ces immenses plaines à peu près désertes étant, cette année-là, un peu en retard sur la date ordinaire, et les roues traçaient leur double sillon parallèle suivant une ligne rigoureusement droite, allant vers le sud-est. A mesure que le soleil s'élevait sur l'horizon, la chaleur s'accroissait graduellement.

Tout à coup, vers dix heures du matin, alors que l'automobile avait déjà franchi une quarantaine de lieues à travers cette région uniformément plate, avec seulement quelques rares bouquets d'arbres ou d'arbustes appartenant à la flore néo-tropicale, le moteur se mit à donner des signes de défaillance, et son ronron monotone fut remplacé par une suite de pétarades irrégulières imprimant au véhicule une série d'impulsions brutales.

— Tiens, voilà que ça reprend ?... s'écria Cordouan qui remplaçait alors Chavail au volant.

Mais il eut beau manœuvrer les diverses manettes de réglage du carburateur et de l'avance à l'allumage, l'allure du véhicule se ralentit de plus en plus.

— Allons, bon ! qu'est-ce que cela veut dire ? grommela-t-il encore.

Après quelques détonations étouffées qui s'espacèrent de plus en plus, on entendit un sourd grincement dans les organes internes du mécanisme, et, subitement calé, le moteur s'arrêta de tourner.

— Gare la panne !... fit en riant le jeune homme. Station de la savane. Tout le monde descend ! Dix minutes d'arrêt, buffet !

CHAPITRE XX

A TRAVERS LA FORÊT VIERGE

Les deux jeunes gens sautèrent à bas de la voiture et le comte de Chavail rabattit le capot de tôle ajourée protégeant le moteur.

— As-tu idée de ce qui vient de se produire ?...

Le chauffeur secoua la tête sans répondre à cette question. Il retira les écrous maintenant le carter du distributeur d'électricité et examina l'état de la came et du vibreur. Tout paraissait en bon état, sauf un filet de fumée qui s'échappait de la boîte des engrenages de réduction. Atteignant alors une clé à écrous dans la sacoche à outils, il dévissa les bougies d'allumage de leur siège, les posa sur la culasse du moteur et vérifia l'état de l'étincelle devant produire l'inflammation du mélange gazeux à l'intérieur des cylindres. L'étincelle jaillit bien bleue avec un crépitement caractéristique entre les pointes de métal.

— Tout va bien du côté de l'allumage, murmura le jeune homme. Voyons donc autre part !

L'examen du carburateur, des tuyauteries d'essence et autres accessoires ne révéla rien d'anormal. Cela devenait embarrassant et les deux voyageurs se regardèrent l'un l'autre d'un air quelque peu intrigué.

— Est-ce que *Passe-Partout* deviendrait capricieux et aurait des lubies ! grommela Cordouan.

— Essayons donc de remettre en route ! dit Chavail en emmanchant la manivelle de mise en train sur le carré de l'extrémité de l'arbre.

Mais, à son grand étonnement, il rencontra une résistance invincible, et il lui fut impossible de faire tourner l'arbre d'une fraction de millimètre. Cordouan vint alors joindre ses efforts à ceux de son ami ; les deux hommes s'attelèrent au maneton, et, s'arc-boutant solidement, s'efforcèrent sans résultat de provoquer sa rotation. Rien ne bougea.

— Si nous étions encore au Klondyke, s'écria le jeune homme en s'essuyant le front, je dirais que c'est gelé !

Une seconde tentative n'eut pas davantage de succès.

— Inutile de nous entêter, déclara froidement le comte.

— Pourquoi ? Que supposes-tu donc ?

— Le moteur est grippé !...

— Tu es sûr ?... dit Cordouan atterré.

— Toutes les apparences sont pour que cette supposition soit une réalité.

— Mais comment cela a-t-il pu arriver ?...

— Voilà ce que je vais tâcher de savoir.

— Alors nous allons démonter le moteur ?...

— C'est de toute urgence, afin de porter remède à cet accident.

— Mais si nous restons là en plein soleil, c'est l'insolation certaine !...

— Que veux-tu y faire, mon pauvre Lucien!

Celui-ci tourna sur ses talons et parcourut du regard toute la circonférence de l'horizon.

C'était le désert à perte de vue. Pourtant, en concentrant toute sa puissance visuelle sur une légère brume qui apparaissait au nord-est, le jeune homme crut distinguer de la végétation.

— Attends-moi un instant ! dit-il à son ami.

Et laissant celui-ci absorbé dans ses réflexions, les bras croisés devant la machine inerte, Cordouan escalada d'un bond le marchepied et fouilla un instant dans les tiroirs des soutes. Il reparut, une longue-vue à la main. Se hissant alors sur le toit de la voiture, son instrument d'optique à la main, le jeune homme braqua le tube vers ce point de l'horizon qu'il étudia avec soin. Puis, son examen terminé, il replia l'appareil dont les différentes sections rentrèrent les unes dans les autres, sauta légèrement sur le sol, du haut de son observatoire, et s'approcha de son compagnon toujours muet.

— Voici ce que nous allons faire ! déclara-t-il d'un ton péremptoire.

Chavail tressaillit et releva la tête.

— Nous allons planter dans le sol deux piquets faits de ces petits arbustes qui croissent non loin d'ici et que je vais abattre à coups de hache. Ces piquets soutiendront notre toile de

tente que j'attacherai, d'autre part, au rebord
de la galerie entourant le toit de l'auto. De
cette façon, nous aurons un peu d'ombre et ne
serons pas exposés à une insolation pendant
que nous remettrons le moteur en état. Et si
la réparation exige trop de temps, comme la
présence d'un ombrage quelconque est d'une
impérieuse nécessité, nous tâcherons de gagner, de n'importe quelle manière, la lisière de
la forêt dont j'ai distingué le contour dans ma
longue-vue et qui commence à quelques lieues
d'ici.

Le promoteur du tour du monde en automobile avait écouté sans interrompre. Après
un long silence, il parla à son tour.

— Le grippage est l'accident le plus grave
qui puisse survenir à un moteur, prononça-t-
il, continuant tout haut sa pensée plutôt que
répondant à son *alter ego*, et puisque le
nôtre ne tourne plus, c'est qu'il est probablement grippé et que l'un ou l'autre de ses
pistons ne peut plus se mouvoir à l'intérieur
des cylindres. Heureusement, cette panne,
quoique grave, n'est pas irréparable.

— Qu'y a-t-il à faire pour la guérir, cette
damnée panne ? interrompit Cordouan, la hache à la main et prêt à s'éloigner pour abattre
les arbustes qui lui étaient nécessaires.

— Il faut, en premier lieu, démonter les
culasses et remplir les cylindres de pétrole
ordinaire pour détremper les segments collés
aux parois. Et quand nous serons parvenus à
déplacer les pistons, ce ne sera plus qu'une
affaire de patience pour tout remettre en état.

— Mais qu'est-ce qui peut amener le grippage ? insista le jeune homme. Autant que je

me rappelle, les causes n'en sont pas nombreuses.

— En effet ! Cela ne peut provenir que de
deux causes : ou bien d'un manque de graissa-
ge des parties mobiles, ou bien d'un refroidissement insuffisant.

— Et tu as vérifié les graisseurs ?

— Oui, ils débitent normalement.

— Et la réfrigération, la pompe, le radiateur !

— Rien ne m'a paru endommagé. La poulie
de la pompe a suffisamment d'adhérence sur la
jante du volant, et aucun des alvéoles du radiateur n'est dessoudé et ne laisse fuir l'eau.

— Alors tu donnes ta langue aux chiens ?

— Jusqu'à présent, ma foi oui !... Ah ! at-
tends donc, il y a le réservoir d'eau que je n'ai
pas vérifié. Si quelquefois...

L'automobiliste s'interrompit pour aller
frapper du doigt ce récipient dissimulé à l'arrière. Un grand cri lui échappa. Le réservoir
sonnait le creux, et tout le liquide qu'il conte-
nait avait disparu. C'était de là que venait
l'accident !

Mais par quelle fissure l'eau avait-elle pu
s'enfuir ?

Cordouan lâcha sa hache et se rapprocha,
mais, malgré un examen minutieux et attentif,
il lui fut impossible de découvrir la fuite.

— Cela devient trop fort, grommela-t-il. Il
faut bien qu'il y ait un trou quelque part,
quand le diable y serait ! L'eau ne passe pas,
que je sache, à travers la tôle !

Soudain l'explorateur poussa un cri de
triomphe.

— Voilà ! je tiens l'endroit !

En passant doucement la main le long du tuyau amenant l'eau du radiateur à la pompe, il l'avait senti humide, et quelques gouttelettes s'épanchaient encore du tube. Chavail se coucha tout de son long sur le sol pour voir de plus près, et il aperçut alors deux trous de quelques millimètres, comme percés à l'emporte-pièce à travers le métal, et par lesquels fuyait peu à peu l'eau de réfrigération venant du moteur pour retourner au réservoir par le jeu de la pompe. C'était par ces ouvertures microscopiques que le liquide s'était échappé goutte à goutte, mais sans arrêt, jusqu'au moment où, les parois des cylindres étant portées au rouge par la combustion du pétrole, le grippage s'était produit.

Cordouan examinait à son tour les deux perforations.

— Ces trous-là ne se sont pas faits tout seuls ! articula-t-il enfin en hochant la tête d'un air méditatif. Ils sont trop nets pour être le résultat de l'usure du métal !

Son ami releva la tête et, le regardant en face :

— Que crois-tu donc ?... Soupçonnerais-tu quelqu'un d'avoir commis volontairement cette détérioration ?

— Celui à qui cela pourrait profiter est sans doute trop loin de nous, sans quoi !... gronda-t-il, mais indistinctement, de telle façon que Chavail n'entendit pas.

— Enfin, reprit celui-ci, quelle que soit la cause de cet accident, cause que nous essaierons d'élucider plus tard, il n'en est pas moins évident que nous voilà en panne, et en panne sérieuse au milieu du désert, à des centaines

de kilomètres de tout endroit habité. Il faudra
donc nous tirer d'affaire par nos seules forces
et à l'aide des seules ressources que nous pos-
sédons dans les flancs de notre brave *Passe-
Partout*...

— Tu décides, en conséquence, que ?...

— Que nous allons bivouaquer ici le temps
de porter remède à la panne qui nous accable !

— Bon ! en ce cas, je vais dresser la tente
comme je te disais.

Quelques instants plus tard, les deux cama-
rades déjeunaient avec appétit sous la toile
formant velum, et qui les abritait des rayons
directs du brûlant soleil de l'équateur.

— Et, disait Lucien en dévorant à belles
dents un pilon de volaille, tu penses que cela
pourra s'arranger ?

— Je ne saurais te répondre tant que je
n'aurai pas démonté les culasses du moteur.

— Mais si c'était grave, tout à fait grave,
enfin, et que tu ne parviennes pas, malgré tes
efforts, à remettre la machine en état, qu'est-
ce que nous ferions ?

Le front de l'ancien explorateur s'assombrit.

— La situation serait des plus sérieuse en
ce cas, et alors nous nous concerterions pour
adopter le moyen de nous tirer d'affaire.

— Eh bien, fais comme si c'était arrivé et
que nous n'ayons plus à compter sur *Passe-
Partout.*

— Que veux-tu que je te dises !... Il nous
faudra l'abandonner et essayer de regagner pé-
destrement une région habitée d'où nous pour-
rions nous faire rapatrier.

— Mais alors ton pari ?...

— Sera perdu, c'est évident, mais que veux-
tu, plaie d'argent n'est pas mortelle, et, pourvu

que nous revenions sains et saufs, c'est le principal.

D'ailleurs l'insuccès devait entrer dans nos prévisions.

— Et alors tu ne songes pas aux suites, malheureux! rugit Cordouan, brandissant son pilon dépouillé de toute son épaisseur de viande. Tu envisages froidement l'hypothèse de rentrer en France, après avoir lâché comme cela notre bonne voiture au milieu du désert! Mais nous serions déshonorés, et, pour ma part, j'aimerais mieux traîner moi-même *Passe-Partout* jusque chez le réparateur, fût-il au cap Horn, plutôt que l'abandonner!

— Ce sont là des paroles! fit, non sans une pointe d'aigreur, l'automobiliste, et il faut voir les choses comme elles sont. Nous sommes à plus de quarante lieues de tout endroit habité, — et encore ces endroits ne sont-ils que de misérables villages seulement composés de quelques haciendas où l'on fait l'élevage du bétail, et où nous ne trouverions aucune ressource. Donc, je te le demande sérieusement, que voudrais-tu faire dans ces conditions ?...

— Je te le dirai. En ce moment, il serait prématuré de discuter à ce sujet, puisque nous ne sommes pas certains que le moteur est irrémédiablement hors de service.

La conversation s'arrêta sur ces mots que le jeune chasseur avait prononcés d'un ton un peu sec. Le repas s'acheva en silence, et immédiatement après, malgré la chaleur accablante qui faisait ruisseler la sueur sur leurs membres, les deux voyageurs revinrent à la voiture et Chavail s'occupa de démonter le moteur qui avait eu le temps de refroidir pendant le déjeuner. En peu d'instants, il parvint à détacher les culasses de chaque cylindre, ce qui lui permit d'examiner l'état des pistons.

— Donne-moi du pétrole ordinaire ! dit-il d'un ton bref à son compagnon.

Cordouan soutira du réservoir deux litres environ du liquide huileux qu'il apporta sans dire un mot, et il regarda son compagnon les verser à l'intérieur des cylindres.

Le comte remit en place la manivelle de lancement et essaya de la mouvoir.

Rien ne bougea.

Il réitéra sans plus de succès, à plusieurs reprises, sa tentative.

— Laissons le pétrole imbiber les joints, murmura-t-il à demi-voix.

Après une demi-heure d'attente, il renouvela ses efforts; mais l'arbre de couche ne bougea pas davantage. Tout le mécanisme ne semblait plus faire qu'un bloc unique.

— Essayons autrement, alors !

L'automobiliste s'attaqua alors aux écrous maintenant le cylindre sur le carter. Il les enleva l'un après l'autre sans trop de difficulté, mais quand il s'agit de soulever les cylindres de leur siège, il reconnut bien vite l'impossibilité d'une telle opération. Le moteur avait tellement chauffé, toute l'eau de refroidissement ayant disparu, que les pistons, portés au rouge, ainsi que les parois des cylindres se trouvaient coincés avec une énergie telle qu'aucune force ne permettait de les déplacer.

Devant cette constatation de l'inanité de tout effort pour remettre *Passe-Partout* en état de continuer sa route, le comte de Chavail fut accablé, et, sans une parole, il se laissa tomber sur le sol. En présence de ce désespoir muet, Lucien de Cordouan sentit se fondre toute sa mauvaise humeur, — sentiment qui n'avait d'ailleurs jamais une bien longue durée chez lui, et il vint poser amicalement sa main sur l'épaule de son ami.

— Eh bien ! mon pauvre vieux, dit-il affectueusement, c'est donc la panne irréparable, cette fois !...

L'explorateur secoua la tête sans répondre.

— Allons, allons, est-ce que tu jetterais le manche après la cognée ! insista le jeune homme pour relever le courage de son compagnon. Ce n'est pas le moment, fichtre ! et tu ne vas pas, j'espère, te laisser abattre par cet incident de voyage. Du nerf, morbleu ! nous nous en tirerons.

— Que veux-tu que nous devenions, avec un moteur complètement détérioré, murmura enfin le comte, sortant de sa torpeur et relevant la tête.

— Nous allons décider, déclara fermement le jeune homme. Ainsi donc, c'est comme si nous n'avions plus de moyen de locomotion, et nous ne pouvons plus compter sur les services de *Passe-Partout* pour continuer notre voyage ?

Le comte se ressaisissait peu à peu.

— Le grippage des deux pistons est complet, dit-il, et pour retirer ces pièces, il faudra les briser à coups de marteau. J'ai bien, dans nos tiroirs aux pièces de rechange, des pistons, des bielles et des segments, mais, avant d'ajuster ces divers organes, il sera de toute nécessité de procéder au réalésage des deux cylindres pour faire disparaître les éraillures du métal produites par le frottement des segments contre les parois portées au rouge en raison de la disparition de l'eau et déformées. Or, l'alésage exige tout un outillage très précis et un montage sur le tour à métaux. Nous n'avons ni tour de ce genre ni alésoirs, et je ne sais où nous pourrons trouver tout cela. Tu vois donc, mon bon Lucien, qu'il nous faut renoncer à toute idée de poursuivre notre voyage, et que le mieux est d'essayer de revenir aux contrées civilisées les plus proches.

Pendant que le comte parlait, Cordouan réfléchissait profondément. Enfin il releva la tête, une lueur énergique brillant dans ses regards.

— Eh bien ! moi, déclara-t-il fermement, je dis qu'il ne faut à aucun prix nous croire vaincus pour une méchante panne de moteur, et nous séparer de notre voiture dont l'utilité nous est indispensable, et que nous remettrons en état dès que cela nous sera possible.

— Mais tu ne veux cependant pas que nous nous attelions à *Passe-Partout* pour le traîner pendant des milliers de kilomètres peut-être ! C'est absolument impossible !

— Certes un pareil trajet serait impraticable, surtout sous ce soleil dévorant. Mais je me suis laissé dire qu'il y avait des chemins qui marchaient tout seuls.

— Quoi !... que veux-tu dire ?

— Simplement ceci : qu'il nous faut atteindre une rivière quelconque, charger *Passe-Partout* sur un radeau, et descendre le courant jusqu'à ce que nous arrivions à un centre habité quelconque où nous trouverons le matériel mécanique nécessaire pour rétamer notre bécane!

Le comte s'était redressé, l'espoir renaissait dans son cœur, et quand Cordouan cessa de parler, il se jeta sur ses mains et les lui serra fraternellement.

— Merci, merci, mon bon Lucien, de me rendre ainsi courage, au lieu de m'accabler de tes

reproches comme je le mériterais si bien pour
ne pas m'être aperçu de cette fuite de notre
eau, et n'avoir pas reconnu que le moteur
chauffait anormalement. J'aurais dû éviter ce
grippage malencontreux !

— Soyons justes ! grommela le jeune homme. J'ai ma part de responsabilité aussi, car
c'est moi qui étais au volant quand l'accident
est arrivé, souviens t'en. Et puis, il est inutile
et superflu d'épiloguer sur les causes de cette
panne et ses suites. Ce qui presse le plus, c'est
de déterminer un plan de conduite. Alors tu
adoptes mon idée de chemin qui marche ?...

— C'est une excellente idée à tous points de
vue, mon cher ami et nous allons la mettre à
exécution sans plus tarder.

— Bon, et nous sommes loin d'une rivière ?...

Chavail alla chercher dans la voiture une
carte du haut Brésil ; il l'étala sur le capot
posé sur le sol et l'étudia avec attention. Enfin
après un bon moment, il se redressa et déclara
d'un ton décidé :

— Voici notre itinéraire, basé sur ton idée.
Nous allons gagner, en remorquant l'auto, la
forêt du haut Venturi qui est celle que tu as
aperçue à l'horizon, et nous nous efforcerons
d'atteindre par la voie la plus directe le Guaviare, grande rivière tributaire de l'Orénoque,
et qui traverse cette forêt. Nous descendrons
l'Orénoque pendant quelques centaines de kilomètres jusqu'à sa rencontre avec le Cassiquiare, cours d'eau qui réunit ce grand fleuve
au Rio Negro, principal affluent de l'Amazone.
Ainsi, nous descendrons jusqu'aux villes du
Brésil où nous pourrons trouver un atelier de
mécanicien avec un tour, et où nous procéde-

rons à la réparation de notre machine. En
route !...

A l'audition de ces dernières paroles, pronon-
cées d'une voix vibrante, Lucien de Cordouan
serra d'une étreinte vigoureuse la main de son
alter ego.

— Bravo, voilà qui est parlé, au moins, et
c'est ainsi que j'aime à te voir, plutôt qu'effon-
dré et avachi comme tout à l'heure. *Go ahead!*
comme disent les Américains et tirons notre
brave *Passe-Partout* jusqu'à la rivière, puisque
nous ne pouvons lui demander de nous y mener !

Lorsque tout le matériel éparpillé sur le sol,
durant cet arrêt forcé, eut repris sa place dans
les divers compartiments intérieurs de la voiture, le soleil avait baissé sur l'horizon, et la
température était redevenue un peu plus sup-
portable. Le comte donna le signal du départ.

— Allons ! dit-il, chacun une épaule contre
l'arrière de la carrosserie, et, ferme ! pous-
sons !...

Les deux hommes s'arc-boutèrent à droite
et à gauche de l'automobile, et, sous leur effort,
le véhicule démarra et avança doucement à
travers la savane. Au bout d'un quart d'heure,
ils changèrent de côté, pour exercer la poussée
avec l'autre épaule, et après une demi-heure,
Chavail commanda la halte.

— Ouf ! gronda Cordouan époumonné, ce
qu'il est lourd, ce damné *Passe-Partout*.

— Oui, nous n'irons pas vite, car il y a du
tirage sur ce terrain herbeux. Mais enfin nous
ne pouvons pas faire autrement !...

— Crois-tu que nous ayons beaucoup à pousser de cette façon pour arriver au chemin qui
marche tout seul ?...

— Fermé poumons !... (Page 96)

Chavail examina encore la carte qu'il avait
pliée et mise sur son siège dans la cabine.

— J'estime que nous avons environ quarante
lieues à parcourir pour atteindre le Guaviare.

— Quarante lieues ! mais nous mettrons au
moins huit jours à franchir cette distance-
là !...

— Tu pourrais bien avoir raison, hélas !
Nous ne franchirons guère plus de quatre à
cinq lieues par jour, car c'est à peine si nous
ferons deux kilomètres à l'heure en poussant la
voiture.

— Il n'y a pas un chemin qui marche plus
près que ton Guaviare du diable...

— Peut-être pourrions-nous abréger un peu
le chemin, en gagnant Viruba, le petit village
dont je te parlais et qui est situé au sud,
au confluent du Guyavero, mais je crains fort
qu'à cet endroit, le Guaviare ne soit pas navi-
gable et que nous ne puissions l'utiliser.

— A quelle distance sommes-nous de ce village ?...

— Vingt-cinq à trente lieues au moins.

Cordouan réfléchit quelques minutes.

— Et qu'est-ce que tu crois que nous ayons
de mieux à faire pour l'instant ?...

— C'est de marcher quand même à l'est, car
cela ne nous avancerait à rien qu'à perdre
inutilement un temps précieux en essayant de
gagner plus vite le Guaviare.

— Eh bien ! marchons donc à l'est, répliqua
d'un ton résigné le jeune chasseur, en reprenant sa place à l'arrière du véhicule désemparé.

Lorsqu'après un court crépuscule, la nuit
descendit, enveloppant de ses voiles sombres la
savane, le comte de Chavail estima qu'ils

avaient franchis près de trois lieues depuis le
funeste endroit où s'était produite la panne, et
la forêt dressait ses avant-postes à moins de
quatre kilomètres. Mais les deux automobilistes
étaient exténués.

— Dressons la tente et campons ici ! fit Cordouan ; je ne peux plus mettre un pied devant
l'autre.

— Je ne dis rien, mais je ne vaux pas mieux,
répliqua mélancoliquement son ami.

Au cours d'une précédente halte au pied d'un
bouquet de bambous, Lucien avait fait provision de bois mort ; il dressa donc un bûcher
sur une place dénudée d'herbes, à quelques pas
de l'auto, et l'alluma. Le bois sec s'enflamma en
crépitant et en lançant des myriades d'étincelles dans toutes les directions.

Après cette journée d'émotions et de fatigues, les deux voyageurs n'avaient pas grand
appétit, et c'est à peine s'ils touchèrent à leur
souper, composé des reliefs de leur premier
repas. Lucien de Cordouan qui, en temps ordinaire, était une fourchette remarquable, bou-
da pour la première fois, devant son assiette.
Il est vrai que, sous le climat de l'équateur,
l'estomac est capricieux et il est nécessaire
pour les Européens de stimuler ses fonctions
par des condiments énergiques, favorisant la
digestion.

— Dis-moi, fit le jeune homme en bâillant,
il n'y a rien à craindre par ici ?...

Son compagnon hocha la tête.

— Je ne pense pas que nous ayons à redouter d'être attaqués par des sauvages ou par des
animaux féroces, mais, si fatigués que nous
soyons, il est bon d'être quand même prudents
et de ne pas négliger les précautions. Alimen-

tons donc le feu et établissons des *quarts de* veille. Nous nous rattraperons de notre sommeil perdu pendant la sieste du jour.

La nuit est assez courte sous les tropiques au mois de mai, et le soleil reparut sur l'horizon vers trois heures du matin. Les voyageurs tenant à profiter de la fraîcheur des premières heures du jour, furent rapidement debout, et, après avoir absorbé une tasse de café brûlant, ils reprirent leur métier de remorqueurs. En moins d'une heure, ils atteignirent la lisière de la forêt et firent halte pour reprendre haleine.

— Comment allons-nous circuler là-dedans, questionna Cordouan. Je ne suppose pas que nous allons trouver des allées tracées au cordeau comme dans le bois de Boulogne !

— Il faut essayer de ne pas trop nous écarter de la ligne droite, afin d'éviter d'allonger outre mesure cette route si pénible, murmura l'explorateur.

Les deux Français se regardèrent indécis.

— Suivons un moment la lisière, suggéra le comte. Peut-être trouverons-nous une passée.

— Et si j'allais seul à la découverte, moi, fit son ami.

— Non, il est préférable de ne pas nous séparer l'un de l'autre. Un danger pourrait surgir et il vaut mieux être deux pour le surmonter.

— Comme tu voudras.

Pendant une partie de la matinée, l'équipage longea le rideau d'arbres majestueux formant les premiers rangs de l'armée végétale constituant la grande forêt équatoriale, et ce, sans pouvoir découvrir la moindre trouée, la plus petite solution de continuité permettant à l'automobile de s'engager sous ces luxuriantes frondaisons. Les voyageurs étaient près de perdre courage, quand vers dix heures du matin, la barrière jusqu'alors infranchissable parut espacer ses barreaux et s'éclaircir progressivement. Enfin le terrain parut changer, et tout à coup, à un tournant, un vaste espace, à peine parsemé de quelques rares buissons, apparut, laissant une large échancrure entre deux parties de la forêt.

— Ce n'est pas trop tôt ! déclara Chavail soulagé. Je crois que nous pourrons passer.

— Nous faisons halte, n'est-ce pas, demanda Cordouan. Nous en avons fait assez, je pense, depuis ce matin pour avoir droit à quelques heures de repos ?...

— Certes ! Aussi allons-nous manger et faire une sieste. Nous repartirons à cinq heures.

— Entendu ! Je tends donc la toile et prépare notre déjeuner. Je tenterais bien d'augmenter le menu par une pièce de gibier quelconque, car le pays me semble assez giboyeux, mais franchement il fait trop chaud et je préfère ménager mes forces pour pouvoir continuer le métier de chien auquel nous sommes condamnés.

Tout en parlant, le jeune homme agissait ; la toile de tente fut déployée, le fourneau à pétrole allumé, et quelques instants plus tard, il put annoncer de sa plus belle voix :

— A table ! Monsieur le comte est servi !

CHAPITRE XXI

DOUZE CENTS KILOMÈTRES SUR UN RADEAU

La funeste panne provoquée à Bogota par l'irréconciliable ennemi du comte de Chavail, l'ancien agent d'affaires Moirier, qui avait provoqué des fuites dans la tuyauterie de retour d'eau du moteur, ne s'était produite qu'à près de cinq cents kilomètres de la capitale des États-Unis de Colombie, le surlendemain. Au lieu d'abandonner leur machine détériorée, et revenir en arrière, les intrépides automobilistes avaient préféré s'atteler au véhicule et le remorquer jusqu'au plus voisin cours d'eau, pour utiliser ce que Pascal a appelé des « chemins qui marchent », et atteindre, en s'abandonnant au courant, le fleuve Amazone qui traverse tout le Brésil de l'ouest à l'est.

L'arrêt s'étant produit en pleine savane, le chef de l'expédition avait évalué à une quarantaine de lieues la distance à laquelle il se trouvait de la rivière la plus voisine, et estimé à huit jours au moins le temps nécessaire pour parvenir à ce cours d'eau. Mais il avait rencontré de telles difficultés dans son cheminement à travers la forêt, que dix journées s'étaient écoulées depuis l'époque de la panne, et le Guaviare n'était pas encore en vue. Les deux jeunes gens étaient exténués, et commençaient à douter de voir jamais cette eau bienheureuse.

— Avec tous ces tours et ces détours que nous avons été obligés de faire pour permettre à *Passe-Partout* de passer, grommelait Lucien de Cordouan, je crois bien que nous nous sommes égarés !

— Je ne le pense pas, pour ma part, déclara l'explorateur, car j'ai constamment relevé la direction de la route, le jour sur le soleil, la nuit sur les étoiles, et d'ailleurs la boussole ne saurait nous tromper.

— Alors nous n'aurions pas parcouru plus de quatre lieues par jour ?...

— Nous avons même fait moins hier et avant-hier à travers la brousse, en tournant autour de tous les arbres tombés qui nous barraient absolument le chemin.

— Voilà, en vérité, une panne qui nous coûte cher, et la situation manque de gaîté ! Depuis huit jours, nous n'avons plus une miette de pain et vivons sur les produits de notre chasse. Je ne sais pas si ce sont nos coups de fusil qui ont effrayé le gibier ou si cette partie de la forêt est déserte, mais je n'ai pas aperçu une seule pièce mangeable aujourd'hui.

— Nous n'avons pas, heureusement, à redouter de périr d'inanition au milieu de cette nature tropicale si luxuriante, et si le gibier manque, nous nous contenterons momentanément des fruits sauvages que nous rencontrerons en abondance à chaque pas.

Cordouan fit la grimace.

— C'est maigre, et je ne suis pas un végétarien bien déterminé, je te l'avoue.

— Eh bien, dans ce cas, voilà, là-bas, je crois, quelque chose qui pourra mieux te convenir.

L'index tendu vers un bananier, le comte montrait à son camarade une sorte de liane qui se balançait à la naissance des premières branches.

En reconnaissant ce qu'était en réalité cette liane, le jeune homme fit un pas en arrière.

— Diable ! fit-il, c'est un serpent, et de belle taille, même !...

— En effet, c'est un boa.

— Est-ce qu'elle est venimeuse, cette vilaine bête-là ?...

— Tu sais bien que non. Le boa — *constrictor* ou *empereur*, — est inoffensif et n'est qu'une énorme couleuvre. Il n'est redoutable que par sa force prodigieuse qui lui permet de broyer un bœuf en s'enroulant en hélice autour de lui. Mais comme il n'a pas toujours des bœufs à étouffer, il se contente le plus souvent de proies modestes, notamment de rongeurs.

— Est-ce que c'est bon à manger, le boa ! fit encore le chasseur, dont les instincts gastronomiques restaient vivaces, malgré ses inquiétudes.

— On prétend que les peuplades du haut Brésil ne se font pas faute de s'en régaler, le cas échéant. Mais, tiens, regarde, ajouta Chavail, voilà comment chasse le boa.

Depuis un moment, on entendait un piétinement dans les broussailles, et les lianes craquaient comme si une troupe d'animaux eût cherché à se frayer un passage à travers les végétaux entrelacés et formant comme une barrière impénétrable. Tout à coup le rideau de verdure se déchira et les auteurs du bruit que l'on entendait apparurent. Franchissant la clairière en trottant, ils s'enfoncèrent dans les buissons du côté opposé. Mais comme l'arrière-garde passait sous le bananier, un long morceau d'écorce sembla se détacher des branches et tomba sur un retardataire qui poussa un grognement de détresse.

— Ce sont des sangliers, n'est-ce pas, demanda à voix basse Cordouan en serrant convulsivement la crosse de sa carabine.

— Je crois que ce sont plutôt ce que l'on appelle des *cabiais*, c'est-à-dire des rongeurs.

— Des lapins phénomènes, quoi ! riposta le jeune homme. Eh bien ! nous en mangerons, et en même temps nous goûterons du boa, ce n'est pas banal !

Toute la scène, depuis l'arrivée des cabiais, n'avait pas duré plus d'une minute. Le serpent, qui s'était laissé tomber depuis son poste d'observation sur le cabiai qu'il avait choisi pour sa proie, l'avait enlacé de ses anneaux qu'il resserrait de plus en plus. Le chasseur put s'approcher à moins de quelques pas des deux animaux et une balle bien dirigée mit fin à leur existence. Toutefois, et pour plus de sûreté, comme le boa s'agitait encore faiblement, d'un coup de crosse, il lui écrasa la tête.

— Nous voilà assurés de pouvoir maintenant arriver aux rives du Guaviare sans redouter les privations ! dit Chavail avec satisfaction.

— Oui, quand nous serons sortis de cette interminable forêt, où tous les obstacles paraissent accumulés exprès pour nous empêcher d'avancer ! ajouta son compagnon en s'occupant de dépouiller le boa et le cabiai et de choisir les morceaux qui lui parurent les plus savoureux.

— Il est évident que le cheminement est extrêmement pénible, obligés que nous sommes de pousser devant nous cette lourde voiture. Mais ces épaisses ramures qui se rejoignent en arceaux au-dessus de nos têtes nous ont protégés des ardeurs insoutenables du soleil tropical. Sans cet ombrage, nous aurions certainement succombé à la peine ; tu n'as pour cela qu'à te rappeler les premiers kilomètres parcourus dans les savanes, et cependant par les heures les moins chaudes de la journée. D'ailleurs pourrais-tu te plaindre, mon cher ami, toute question de fatigue à part, de ce voyage dans un paysage merveilleux, à travers une végétation inouïe qui ferait la joie d'un botaniste.

— Est-ce que tu me prendrais pour un collectionneur d'herbages, par hasard ?... Je suis chasseur, moi, et tes plantes, je trouve que c'est bon à m'embarrasser quand je marche !

— Quelle flore admirable que celle de la forêt vierge, continuait l'explorateur, et que de ressources offre cette intense végétation, non seulement aux habitants de ces contrées encore si peu connues, mais encore aux savants ! Tandis que la savane déroule ses champs de graminées, et dresse de loin en loin ses bouquets épars de liliacées, de broméliacées épineuses, la forêt rassemble les espèces les plus variées; les bombacées, les cinchonées, les mimosées, les myrtacées, les plantes guttifères, les anonacées, les mélastomacées, les urticées, les apocynées. A côté des solanées rampant sur le sol, se dressent superbes les troncs orgueilleux et superbes des cacaotiers, des bodwichies, des araucariées, des lauracées, dont certains échantillons mesurent jusqu'à soixante-cinq mètres de haut, enfin de ces arbres connus depuis un temps immémorial en Europe sous le nom générique de bois de Brésil.

Durant ce monologue, Cordenan avait achevé d'écorcher le serpent et il s'attaquait maintenant au cabiai qu'il avait pendu par les pattes de derrière à une branche, comme un vulgaire lapin, bien que cet animal pesât plus de soixante livres. Le comte de Chavail continuait, malgré l'évidente inattention de son ami :

— Et si la flore de l'Amazonie, cette vaste province de l'immense Brésil, est d'une richesse et d'une fécondité que rend seul possibles l'action combinée d'un soleil de feu et d'une humidité constante, la faune n'en est pas moins variée. Dans les fourrés se glissent, souples et félins, l'ocelot, le jaguar, le puma ; les chiens sauvages de la prairie courent les savanes, à la poursuite des agoutis, des ratons, des pécaris, des tatous. Dans les rais de lumière traversant les clairières passent comme des joyaux ailés les oiseaux-mouches, les grands papillons dorés. La forêt est une volière grandiose où s'ébattent les perroquets, les perruches, les toucans, les hoccos, les tinamous, les agamis, et qu'égaient les singes, les ouistitis, se balançant d'une branche à l'autre et se provoquant par des glapissements aigus à des jeux icariens fantastiques. Au sein des eaux fourmille une vie non moins intense, et les rios les plus modestes abritent des familles de poissons à la chair savoureuse, des tortues énormes, des crustacés, des...

— Tu oublies de dire, interrompit le chas-

seur terminant sa besogne, qu'en revanche il
ne manque pas de vilaines bêtes, dans ce pays
béni où nous nous traînons depuis dix jours
et dans le genre de ces araignées grosses
comme le poing, dans les filets desquelles nous
nous sommes heurtés plusieurs fois pendant
la traversée de cette forêt, et ces hideux mille
pattes longs comme le bras dont nous avons vu
quelques échantillons hier.

— Les mygales et les scolopendres, veux-tu
dire. Tu as raison, et tu aurais pu encore ajouter dans ta classification les crapauds, les serpents, les alligators et les vampires.

— Des vampires ! cela existe donc ?...

— On donne ce nom à des chauves-souris
géantes mesurant près d'un mètre d'envergure
et dont le nom scientifique est *phyllostomes*.
On dit qu'elles trouent, à l'aide de leur langue
armée d'épines aigües, la peau des mammifères
qu'elles trouvent endormis, qu'elles en as-
pirent le sang, et même qu'elles s'attaquent à
l'homme, mais je ne me porte pas garant de la
véracité du fait que je ne tiens pas à vérifier
par moi-même.

— Et tu trouves que nous sommes dans un
pays de Cocagne, avec de pareils habitants ?...
Tu n'es pas difficile ! Pour moi, je voudrais
bien en être sorti ! protesta Cordouan.

Il devait être en partie satisfait avant que
vingt-quatre heures ne se fussent écoulées.
Lorsque, le lendemain 15 mai, l'équipage eut
parcouru deux kilomètres environ à travers
une gorge tellement boisée que la lumière so-
laire avait peine à descendre jusqu'au niveau
du sol, il fut évident que l'on approchait de
l'eau, tant la terre était gorgée d'humidité.
Heureusement, les voyageurs avaient pris le

soin d'adopter un costume conforme au climat, c'est-à-dire un vêtement de forte toile presque impénétrable aux épines, et indéchirable, des chaussures solides et des molletières. Comme coiffure, le casque colonial.

Bien que le terrain s'abaissa légèrement suivant une pente presque insensible, la traction devenait de plus en plus pénible et l'automobile traçait un double sillon de plus en plus profond dans cette couche molle d'humus imbibée d'eau comme une éponge. Les deux jeunes gens s'acharnaient à pousser le véhicule désemparé, mais ils devaient bientôt être récompensés de leurs fatigues et de leurs peines, car vers midi, la sente tracée à travers la forêt vierge et qui n'était peut-être que le lit d'une rivière desséchée, s'élargit brusquement et déboucha sur une vaste nappe d'eau coulant de l'ouest à l'est. C'était le Guaviare !

— Ce n'est pas trop tôt, vrai ! grogna Cordouan. Je n'en puis plus !

En effet, c'était un véritable tour de force d'énergie et de persévérance que venaient d'exécuter les automobilistes en remorquant par leurs seules forces *Passe-Partout* pendant plus de quarante lieues à travers des régions absolument désertes, parsemées de savanes et de forêts, sans routes tracées, en se guidant seulement sur les étoiles et la boussole. Heureusement, le terrain était absolument de niveau et sans la moindre intumescence, sans quoi s'il eut fallu gravir de cette façon les Cordillières, il est probable que les deux sportsmen eussent dû s'avouer vaincus, ce qui pourtant n'est pas tout à fait sûr, vu leur caractère têtu ne voulant pas qu'il put exister devant eux d'obstacle insurmontable.

Quoi qu'il en soit, ils étaient enfin au terme de leurs efforts et récompensés de leurs exploits athlétiques par cette rencontre de la rivière brésilienne, au courant de laquelle ils n'avaient plus qu'à s'abandonner pour continuer leur voyage.

— Nous allons commencer par nous restaurer convenablement, dit le chasseur avec une visible satisfaction. Ensuite nous nous occuperons d'un radeau. Quelle chance !... Plus rien à faire désormais qu'à nous reposer !...

La soute aux vivres de l'automobile était abondamment pourvue : pendant que Cordouan veillait à l'approvisionnement en pièces de résistance, Chavail s'occupait des hors-d'œuvre et du dessert, et chaque halte avait procuré son contingent de fruits et de condiments rendant inutiles les conserves du bord. Certes, il n'était pas possible, lorsqu'on était armé d'un bon fusil, et que l'on avait quelques connaissances de botanique, de mourir de faim dans les profondeurs des forêts vierges.

Le déjeuner fut composé d'un ample morceau de cabiai, d'œufs de tinamous découverts par le jeune comte dans un nid dissimulé à l'intérieur d'un buisson épineux, de bananes, et de baies acidulées que l'explorateur connaissait pour en avoir goûté lors de son précédent voyage dans l'Amérique du Sud. Le pain, absent, était remplacé depuis plusieurs jours par le biscuit, mais il restait encore un petit nombre de bouteilles de vin, et en définitive, grâce au soin pris par les Français de reconstituer leurs provisions, à mesure de la consommation, ils n'avaient eu aucune privation grave à subir pendant leur long parcours à pied.

Une bonne infusion de martinique premier choix, arrosé d'un doigt de jamaïque, don de la municipalité ou d'un habitant de Bogota, compléta ce plantureux repas, à la suite duquel les deux jeunes gens prirent deux heures de sommeil pour réparer leurs forces épuisées.

La chaleur était d'ailleurs tellement forte qu'il eût certainement été impossible de se livrer à la moindre besogne, alors que le soleil dardait verticalement ses rayons, et force était d'attendre que l'astre fut décliné vers l'horizon.

Quand, la sieste terminée, les deux automobilistes se retrouvèrent, frais et dispos, face à face, le chef de l'expédition prit la parole le premier.

— Il est inutile de nous attarder plus longtemps à cette place, dit-il. D'ailleurs nous n'avons que trop perdu de temps, et nous n'irons pas vite pour passer d'une rivière à l'autre. Donc, occupons-nous immédiatement d'agencer un radeau !

— Est-ce qu'il va être nécessaire d'abattre des arbres pour cela ? interrogea Lucien.

— Certes non, ce serait bien trop long ! Nous utiliserons les arbres tombés ; ils ne manquent pas ; il suffira de les couper à la longueur, les amener l'un après l'autre à cette petite crique, et, lorsque nous en aurons un assez grand nombre, les relier tous ensemble sur une double épaisseur, à l'aide de lianes, de manière à constituer un plancher solide possédant une flottabilité suffisante pour soutenir le poids de l'automobile.

— Mais, à propos, interrompit le chasseur, je songe que nous avons sur la galerie supé-

rieure de *Passe-Partout* un ballot de toile im-
perméable qui constitue, si je me le rappelle
bien, la loque d'une embarcation genre berthon. Pourquoi ne l'utiliserions-nous pas, au
lieu de construire un radeau ?...

— J'y ai pensé, mais j'ai réfléchi que, si
nous avons la toile, nous n'avons pas la membrure en bois lui servant de carcasse. Or,
fabriquer convenablement ces arceaux serait
beaucoup plus long que d'assembler des morceaux de bois avec des lianes. Conservons donc
le matériel de notre berthon pour une meilleure occasion, pour traverser l'Atlantique par
exemple !

— Soit. A l'œuvre en ce cas ! A propos,
quelles dimensions devront avoir les éléments
de notre radeau ?

— Une dizaine de mètres de longueur, et le
plus fort diamètre possible : comme cela il
nous en faudra un moins grand nombre.

— Bon, je prends une hache et une scie et
je vais à la découverte.

— Ne t'éloigne pas, puisque c'est ici que
doit être notre chantier de lancement, et surtout n'oublie pas ton fusil !...

— Voilà une recommandation au moins su-
perflue, autant m'avertir de ne pas oublier
ma tête au fond de ma casquette !

Et haussant les épaules à cette réflexion sau-
grenue, Lucien de Cordouan s'éloigna.

A la nuit tombante, la majeure partie des
éléments du futur radeau se trouva rassemblée
au bord de la crique, et les deux jeunes gens
résolurent d'en opérer la réunion à la lumière
de l'acétylène. Les deux phares de l'auto furent
donc, pour la première fois depuis bien des
jours, garnis de carbure, allumés, et un écla-

tant faisceau de rayons fut dardé sur la berge du Guaviare. Cordouan avait apporté plusieurs brassées de lianes souples, véritables câbles végétaux, qu'il avait détachés à coups de ha- chette de leurs supports. Ces liens résistants permirent de réunir l'un à l'autre chacun des troncs, qui avaient été traînés, non sans dif- ficulté, depuis l'endroit de leur chute jusqu'à celui où il allait en être fait usage. Lorsqu'une sorte de plancher solide eut été ainsi édifié, une seconde et une troisième couche superpo- sée de boulins fut reliée, toujours de la même manière, à la première plate-forme, de façon à constituer une sorte de plateau mesurant près de quatre-vingts centimètres d'épaisseur et capable de supporter sans enfoncer sensi- blement le poids de *Passe-Partout* avec son chargement.

Il était près de minuit quand ce travail fut achevé.

Remettant au lendemain matin l'arrimage de l'automobile et le départ, les deux compagnons éteignirent les phares, et, les précautions habi- tuelles contre les agressions possibles des sau- vages habitants des forêts ayant été prises, ils purent se délasser, dans quelques heures de sommeil, des écrasantes fatigues qu'ils avaient subies.

La mise à l'eau de la lourde plate-forme ne s'effectua pas sans peine. Cordouan avait dé- couvert un endroit près de la berge où il n'y avait pas plus de cinquante centimètres d'eau. Le radeau y fut amarré, et il s'agit d'y charger *Passe-Partout*, ce qui n'était pas une opération aisée. Enfin, en établissant une sorte de pont entre la rive et la plate-forme, on parvint à l'y amener, puis, pour assurer la stabilité du flotteur en abaissant le centre de gravité de l'ensemble, les chauffeurs, s'aidant du vérin de levage et de cales, descendirent l'automobile jusqu'à la faire reposer sur son châssis, ses quatre roues ayant été retirées de leurs essieux. De solides ligatures de lianes assurèrent la liaison de l'encombrant colis à l'appareil de navigation, qui, cela fait, put être détaché de la rive et abandonné au courant.

— Hourra ! s'écria Cordouan d'une voix de stentor, au moment où, les amarres coupées, le radeau évolua pour s'éloigner de la berge. Adieu sans retour, maudit pays de la panne !

Le comte de Chavail avait pris la précaution d'adjoindre à l'arrière de sa primitive embarcation une large pièce de bois articulée et munie d'un manche solide pouvant tenir lieu de gouvernail. Des baliveaux bien lisses et grossièrement évidés servirent de gaffes et d'avirons. Il en saisit un pour écarter le radeau du rivage et le pousser au large, puis, aussitôt l'appareil en plein courant, il courut à l'arrière manœuvrer la barre et se placer exactement dans le fil de l'eau.

Il était près de midi, mais les deux compagnons n'avaient senti ni la faim, ni la fatigue, leur préoccupation était telle qu'ils demeuraient insensibles aux morsures des maringouins qui pullulaient, et à la chaleur du soleil qui dardait ses rayons d'aplomb sur la rivière, semblable à une coulée de mercure. Enfin ils purent songer à prendre quelque nourriture, le radeau descendant sans secousse le cours du Guaviare, et la crique du départ ayant déjà été perdue de vue depuis longtemps.

A quatre heures du soir, la forêt vierge cessa brusquement de dresser ses colonnes verdoyan-

tes de chaque côté de la rivière, et ce fut à travers d'immenses prairies cultivées que son
cours se déroula bientôt. On n'apercevait encore aucun vestige d'habitations ou d'habitants,

— Tè! vè! Est-ce qu'ils tombent de là *lugne!*
(Page 116)

et ce ne fut qu'au moment du crépuscule que Cordouan distingua à quelque distance sur la rive une silhouette humaine qu'il héla. Mais au moment de lancer une question, il se retourna d'un air indécis vers son ami.

— Est-ce que nous ne sommes pas au Brésil, ici ? demanda-t-il.

— Certainement, pourquoi ?...

— Parce que je ne connais pas le brésilien, moi ! Comment vais-je me faire comprendre ?...

— On parle portugais au Brésil, ne le savais-tu pas ?...

— C'est que je ne connais pas davantage le portugais. Vrai, il faudrait être polyglotte ou espérantiste dans un voyage pareil, qui nous conduit dans tous les pays du globe !

En s'entendant héler, l'homme s'était arrêté et attendait; Chavail manœuvra sa godille de manière à rapprocher le radeau de la berge. Cordouan cherchait toujours en quelle langue s'exprimer; aussi sa stupéfaction fut-elle sans bornes quand il entendit l'habitant de la savane s'écrier avec le plus pur accent de la Cannebière :

— Té ! vé ! est-ce qu'ils tombent de la *lugne* ces *ginsses*-là !... Pécaïré !...

Les deux Français durent se rendre à l'évidence : ils avaient devant eux un compatriote, et ce qui plus était, un Phocéen pur sang, natif du faubourg des Chartreux. Tout s'expliqua bien vite, lorsque, l'embarcation solidement amarrée à un tamarin, les navigateurs purent rejoindre leur interlocuteur. Marius Passadou, à la suite d'aventures extraordinaires et compliquées, — peut-être en partie imaginaires, ce qui n'aurait rien d'étonnant pour un natif de la Provence ! — était venu échouer au Véné-

zuéla où il s'était fait mineur. La chance lui
ayant souri en partie, il avait résolu de se
faire colon, et il avait abandonné les placers du
bas Orénoque pour venir fonder une estancia
sur les frontières de la Colombie et du Brésil.
Il comptait, une fois qu'il aurait réuni la somme nécessaire à l'achat d'une bastide, revenir
au Roucas-Blanc et y vivre en rentier. Té ! mes
bons, ce n'était pas plus malin que ça !

Sa petite histoire débitée avec une faconde
toute méridionale, le Marseillais, qui revenait
tout simplement de poser des lignes de fond
dans le Guaviare, voulut à toute force em-
mener les compatriotes qui arrivaient du fond
de l'Amérique, — sinon de la *lugne*, comme il
l'avait dit d'abord, — à sa ferme, laquelle faisait partie d'un village bâti à un coude du
Guaviare, et appelé Angostura. Mais ce village
était encore éloigné de plusieurs kilomètres,
et Chavail demeura inébranlable : il ne voulait pas abandonner le radeau. Malgré son insistance et ses offres réitérées, Marius Passadou ne put fléchir les voyageurs et les amener
à son estancia. En peu de mots, le comte de
Chavail expliqua les causes de son voyage, l'accident dont l'auto avait été victime, et le moyen
qu'il avait employé pour continuer quand même sa route. Le Provençal fut enthousiasmé de
ce récit :

— Et que puis-je faire alors pour vous, mes
bons messieurs, s'exclama-t-il, puisque, *autre-
meint*, vous ne voulez pas me faire l'honneur
d'accepter de vous reposer sous mon toit ?

— Nous renseigner, puisque nous ne con-
naissons pas la région et qu'au contraire, le
pays n'a pas de secrets pour vous.

— C'est facile. La rivière que vous suivez va

se jeter à moins de cent lieues d'ici dans l'Orénoque, que je connais bien aussi. Son cours
n'est pas très rapide, mais en revanche, son lit
n'est pas parsemé d'écueils et de rapides comme
le haut Orénoque. Vous pouvez donc descendre
le Guaviare en toute sécurité, mais, puisque
vous voulez atteindre le fleuve des Amazones,
ce qui est possible par le Cassiquiare qui com-
munique avec le Rio Negro, je vous engage à
vous attacher, à San Fernando, petite ville située au confluent du Guaviare, une équipe de
mariniers sous la conduite d'un *topa*, ou pilote
connaissant bien la configuration et les accidents de ces pays souvent inondés. En agissant
ainsi, vous éviterez tout danger et vous par-
viendrez, j'en suis certain, au grand fleuve.

Les deux voyageurs avaient écouté de toutes
leurs oreilles, et ils furent enchantés de recevoir, d'un homme qui paraissait bien connaître
le pays, l'assurance que leur tentative n'avait
rien de chimérique, et que, à moins de catastrophe imprévue, ils se tireraient d'affaire et
arriveraient à une ville où ils pourraient réparer le moteur.

Ils serrèrent une dernière fois chaleureusement les mains de ce compatriote que le hasard
avait placé sur leur chemin, et, revenant à leur
radeau, ils se rembarquèrent et se laissèrent
de nouveau entraîner au fil de l'eau, tandis
que, tout désolé du refus de ses compatriotes
de lui tenir compagnie ne fût-ce qu'une seule
soirée, Marius Passadou, qui paraissait être un
très brave homme, s'éloignait d'un pas rapide,
à travers la nuit sereine et criblée d'étoiles.

Deux jours et demi plus tard, le 19 mai au
soir, le radeau arrivait à l'endroit où le Guaviare, large comme la Gironde au Verdon, se

jette dans le superbe Orénoque qui décrit en cet endroit, où se jette également une autre petite rivière appelée l'Atabapo, un coude brusque de telle façon que le cours supérieur de l'Orénoque se trouve situé dans le prolongement direct du Guaviare.

Le radeau, qui rappelait assez grossièrement la forme des « jangadas » employés sur l'Amazone, attira l'attention des bateliers et des pêcheurs de San-Fernando, bourgade de 1.500 habitants édifiée dans le delta des fleuves, surtout par la présence de la voiture arrimée au centre de la plate-forme. Le comte de Chavail profita de l'attroupement pour réclamer les services de quelques aides mariniers et, suivant les conseils de Passadou, se procurer un *topa* expérimenté. Unanimement on lui désigna deux indigènes, le père et le fils, comme les plus capables de lui rendre les services attendus ; ils répondaient aux noms d'Antonio et de Barto, abréviations de Bartolomeo, et parlaient, non pas le portugais, langue dont les voyageurs ne possédaient pas les premiers rudiments, mais l'espagnol, que Chavail comprenait en partie.

Les conditions pécuniaires une fois arrêtées, après un court débat, les deux bateliers montèrent à bord du radeau, et leurs premiers mots furent pour engager les « senors » à ajouter un mât et une voile à la lourde plate-forme. Le secours du vent était indispensable, car il allait s'agir de remonter le courant pendant plus de 500 kilomètres. Le comte accéda à cette demande, et un mât d'une douzaine de mètres de haut fut immédiatement dressé à l'avant et maintenu par une solide emplanture à la base et des haubans attachés au sommet. Une voile carrée, simplement tendue sur deux vergues

horizontales, dont la plus haute était suspen-
due à la tête du mât, fut ensuite mise en place.
L'agencement était rudimentaire, mais ne dé-
tonait pas, en somme, avec le reste de l'embarcation. La tente avait été montée à l'arrière,
et, à part les dimensions un peu plus vastes de
la plate-forme, Cordouan affirmait qu'il lui
semblait se trouver à bord du traîneau à voiles
à l'aide duquel il avait traversé toute la Sibérie.

— Mais il fait un peu plus chaud ici que du
côté d'Okotsk, dit-il en s'épongeant le front,
et il n'y avait pas tant de moustiques !

Les Français passèrent la nuit à San-Fernando de Atabapo. Au lever du jour, ils his-
sèrent la voile et se lancèrent, sous la conduite
de leurs pilotes, sur l'Orénoque qui formait, à
ce confluent de trois rivières, un véritable lac.
A midi, ils arrivèrent sans incident à Santa-
Barbara, gros bourg agricole, à partir duquel
le fleuve, resserrant son cours, descendait di-
rectement vers le sud, après avoir reçu la rivière la Ventuari.

Une semaine entière fut nécessaire pour atteindre Esmeralda, village bâti au confluent
du Cassiquiare, ce canal naturel qui fait communiquer les deux versants, dont l'inclinaison
est d'ailleurs à peine sensible. Les navigateurs avaient d'ailleurs rencontré de grosses
difficultés durant ce trajet de 300 kilomètres
à peine, car le lit du fleuve était embarrassé
d'îles, de débris végétaux, de bancs de sable et
de rochers. Heureusement, le *topa* et son fils
étaient rompus depuis longtemps aux difficultés de la circulation dans ces parages du haut
Orénoque. Par des passes d'eux connues, ils
évitèrent les rapides et les seuils de roches qui

auraient pu arrêter le radeau, mais la voile ne
pouvait rendre aucun service dans ces passa-
ges, et force était d'avancer à la gaffe.

On n'allait donc pas vite, mais on avançait
tout de même. Le cas échéant, les deux Français n'hésitaient pas à venir en aide à leurs
hommes et à payer de leur personne.

La remontée du Cassiquiaire fut moins pénible. Après un violent orage, le temps s'était
gâté et le vent soufflait en tempête. Le radeau
qui portait *Passe-Partout* et sa fortune en profita pour déployer sa voile et vaincre la résistance du courant qui était assez rapide. On
passa sans s'y arrêter devant plusieurs petits
villages édifiés sur les bords du cours d'eau :
Vasidanuovo et Vasida, Mandavaca et San-
Francisco de Sotanos au confluent du Rio Negro, où l'appareil arriva le 28 mai, après avoir
franchi plus de deux cents lieues sans encombre depuis l'endroit de son lancement.

Désormais, il n'y avait plus qu'à se laisser
glisser au cours de l'eau, en utilisant la voile
lorsque le temps le permettrait. A 1.200 kilomètres de là, coulait l'Amazone, et ce « grand
chemin qui marche » devait conduire sans difficulté jusqu'à la côte, jusqu'aux rivages de
l'Atlantique, — d'où il n'y avait plus qu'un
saut à faire pour être chez soi, — disait Cordouan dans son désir de combler la distance
le séparant de la France.

Mais bien des aventures, ainsi qu'on le verra
dans les chapitres suivants, devaient encore
éprouver les automobilistes avant cet heureux
moment où ils fouleraient le sol Européen !

CHAPITRE XXII

LES ROBINSONS D'EAU DOUCE

Le Rio Negro, ou rivière noire, est l'un des principaux affluents du grand fleuve de l'Amérique du Sud : l'Amazone, et peu de cours d'eau européens pourraient lui être comparés, car il ne mesure pas moins de 2.500 kilomètres de longueur, navigables pour les vapeurs sur un tiers environ de ce trajet. Le haut Rio Negro, de même que l'Orénoque supérieur, est embarrassé d'îlots et de rochers produisant des cascades si nombreuses et si rapprochées, qu'une pirogue peut à peine y trouver un passage, malgré sa largeur qui atteint plus de deux kilomètres en certains points au moment des crues. Ces rapides successifs, qui permettent aux eaux de s'écouler de degré en degré, sont désignés sous le nom de *myapures* par les indigènes.

Le radeau qui portait les Français et leurs pilotes avait pu éviter, en passant par le Cassiquiare, les endroits les plus dangereux de ces

cataractes, notamment celles de Randal et de
Punicha, situées sur le cours supérieur des
deux fleuves, à une centaine de kilomètres en
amont du canal naturel qui fait communiquer
les deux bassins. Une fois sur le Rio Negro, les
voyageurs furent plus rassurés et la crainte
d'un naufrage au passage d'un rapide momentanément écartée.

La vie fut donc organisée à bord du radeau
comme s'il se fût agi d'un transatlantique : les
deux mariniers vénézuéliens s'arrangèrent
pour se remplacer régulièrement à la barre ou
à la voile, et il fut entendu qu'on voyagerait
une partie des nuits.

Cordouan était enfin au comble de ses vœux:
il n'avait plus qu'à se reposer, et il fit les premiers jours une sieste presque continuelle, pour
se délasser de ses fatigues passées.

Mais bientôt cette vie monotone l'ennuya, et
il alla retrouver son ami, qui, à l'avant, s'occupait gravement à mettre des amorces à des
hameçons aussi gros que des porte-mousque-
tons.

— Est-ce que c'est des baleines que tu as
l'espoir de pêcher, demanda narquoisement le
chasseur.

— Tu plaisantes, comme à ton habitude,
mais je te répondrai non, ce n'est pas une
baleine que je désire capturer avec un pareil
hameçon, mais un *arapaima*.

— Qu'est-ce que c'est encore que cet indi-
vidu-là, un arapaima ?...

— C'est le géant des poissons d'eau douce, ca
certains spécimens mesurent près de cinq mètres de longueur et pèsent plus de deux cent
cinquante kilos.

— Voilà en effet un goujon de taille peu ordinaire. Mais c'est une chaîne d'ancre ou un câble de vaisseau qu'il faut pour l'amarrer.

— Notre *topa* m'a fourni les engins nécessaires, car ce poisson a une chair très estimée et il est l'objet d'une pêche active dans tous les cours d'eau du haut Brésil. Antonio et son fils en ont pris, paraît-il, des échantillons monstrueux dans le Guaviare.

— Eh bien ! tâche d'être aussi habile qu'eux. Pour moi, mon arme reste le fusil et je laisse l'hameçon aux gens pacifiques et rêveurs comme toi. Tiens, justement, aperçois-tu, à moins de cinquante mètres d'ici, dans la fourche de cet arbre qui trempe ses branches dans l'eau, comme s'il voulait, lui aussi, pêcher des arapaïmas de cinq cents kilos, ce magnifique coq à huppe ?

Le pêcheur porta le regard dans la direction indiquée par son camarade.

— Oui, je le vois, il est magnifique ce coq !

— Dans cinq secondes, ce coq sera décédé !

En effet, le chasseur parlait encore qu'il avait épaulé, qu'un coup de feu éclatait, et que l'oiseau, tué raide, battait convulsivement des ailes et se laissait choir dans le fleuve.

— Hein ! c'est touché cela ! dit-il d'un ton plein de suffisance.

— Je sais que tu as un coup d'œil infaillible, et ne suis nullement étonné.

Le jeune Bartolomeo, qui tenait à ce moment la barre du gouvernail, avait vu l'oiseau tomber, et il manœuvra de manière à ce que Cordouan pût le ramasser aisément dans le sillage du radeau. Celui-ci se baissa et le brandit triomphalement au-dessus de sa tête, mais le vieux Antonio, reconnaissant le plumage, fit une grimace significative et prononça en espagnol :

— Mauvais, cela, mauvais !... Hoazin...

Non sans peine, il parvint à expliquer au Français que ce grand oiseau élancé, au cou mince, à petite tête huppée, brun avec des reflets bronzés, le ventre roux, avec des bandes blanches et jaunâtres, était un détestable gibier, sa chair exhalant une odeur infecte qui la rend immangeable. C'était un coup de fusil absolument inutile.

— Voilà bien ma chance, grommela le jeune homme désappointé. L'autre fois, dans les Andes, le condor que j'avais pris pour un dindon de grande espèce, aujourd'hui cet *hoazin* de malheur que je croyais plus savoureux qu'un faisan !...

— C'est ce qui te prouve qu'il ne faut pas juger les oiseaux d'après leur plumage, pas plus que les gens sur leur mine ! conclut sentencieusement Chavail, rejetant ses lignes à l'eau.

Pendant une partie de la matinée, les touches furent assez rares, et il n'y eut guère que du fretin qui vint goûter les succulents appâts offerts à la gloutonnerie des habitants de l'onde par l'explorateur. Enfin comme, à bout de patience, il allait abandonner la partie, une secousse brutale faillit entraîner le pêcheur la tête la première dans le Rio-Negro. Il se rattrapa tant bien que mal à la vergue qui s'était trouvée à la portée de sa main et appela à l'aide.

Cordouan était heureusement à quelques pas ; voyant son ami perdre l'équilibre, il ne fit qu'un bond et le saisit à bras le corps pour l'empêcher de culbuter dans la rivière. Par un violent effort de reins, Chavail parvint à se redresser, sans lâcher pourtant la forte ligne

dont la subite traction avait failli l'entraîner
par-dessus bord.

— Il était temps ! fit-il en reprenant haleine. Maintenant il s'agit d'avoir la bête !...

Le poisson était solidement ferré, mais il
devait être d'une taille peu commune pour se
débattre avec une pareille vigueur. Heureusement le jeune Barto était arrivé à la rescousse,
et il connaissait la manière de venir à bout du
récalcitrant. Réunissant leurs efforts, les trois
hommes halèrent peu à peu sur la ligne, malgré les soubresauts de l'habitant du Rio Negro,
et après une lutte de plusieurs minutes ils
parvinrent à l'amener à fleur d'eau. Lançant
alors un filet dont l'ouverture était maintenue
béante par un cercle de jonc, le batelier em-
prisonna le poisson et le hissa sur le plancher
du radeau.

C'était bien un arapaima, qui pouvait mesurer deux mètres de longueur et atteindre un
poids de cent kilogrammes. Jamais, certes, les
Français n'avaient fait une telle capture, et
Cordouan était quelque peu ébahi en considé-
rant ce monstrueux poisson, dont la gueule
énorme rappelait celle de la baudroie ou diable
de mer des pêcheurs provençaux.

— C'est un vrai requin d'eau douce ! murmura-t-il. Je vois la tête que ferait un paisible amateur parisien s'il trouvait au bout de
sa ligne une ablette de cette taille-là !

Quoi qu'il en fût, l'arapaima n'était pas un
aliment à dédaigner, et le topa s'occupa de le
détailler et de choisir les meilleurs morceaux
pour les prochains repas.

Mais Lucien n'était pas plus ichtyophage que
végétarien, et au meilleur poisson, au plus ap-
pétissant légume préparé suivant les plus sai-

nes méthodes de la cuisine française, il préférait le plat de résistance des Anglos-Saxons : une belle pièce de viande bien saignante. Or, le garde-manger était assez pauvre de provisions de ce genre, car il n'était pas possible, sous ces latitudes torrides, de conserver la viande pendant plus de deux jours. Cela ne pouvait durer, et le jeune homme manipulait fiévreusement son fusil, espérant voir apparaître à bonne portée un gibier quelconque, plume ou poil.

Rien n'apparaissait sur les berges touffues et bordées de saules de Humboldt, de musacées, de palmiers léopoldini au feuillage vert foncé, et d'arbres à quinquina. Bientôt le chasseur ne put contenir davantage son impatience, et avisant une crique ombragée formant comme un couloir ténébreux s'enfonçant dans les profondeurs de la forêt, il ordonna aux mariniers d'accoster.

— Que veux-tu donc faire ! lui demanda son ami un peu surpris.

— Est-ce que tu supposes, par hasard, que je vais me contenter de ce détestable « hoazin » pour mon déjeuner, pendant que tu vas dévorer ton brochet ?... répliqua-t-il. Je vais vérifier s'il n'y a pas aux environs quelque quadrupède capable de me fournir les éléments d'un meilleur repas.

— Rien de mieux, mais il ne serait pas prudent d'aller seul à la découverte. Prends donc Parto avec toi; il t'aidera à rapporter le produit de ton adresse.

— Il me servira de porte-carnier, quoi ! Eh bien, c'est entendu, je l'emmène ; il me sera utile si je rapporte un gibier de taille analogue à ton poisson.

Les deux hommes mirent pied à terre et

disparurent bientôt dans l'espèce de couloir végétal qui s'ouvrait entre les géants de la forêt.

La marche était des plus difficile à l'intérieur de cette futaie serrée, et plus d'une fois le jeune Vénézuélien dut détacher à coups de hachette les lianes reliant les troncs les uns aux autres et formant par endroits un véritable rideau. Mais, après quelques centaines de mètres de parcours, les fûts verdoyants devinrent moins serrés et les chasseurs arrivèrent à une clairière.

Le jeune Barto courait d'un arbre à l'autre avec des exclamations inintelligibles, au grand étonnement de Cordouan. Enfin, il se calma, et revenant auprès du jeune homme, il prononça, en désignant les hautes colonnes végétales :

— Caoutchoucs... tout caoutchoucs, ici... Bon... très bon.

— Ah ! nous sommes ici, à ce qu'il paraît, dans une forêt d'arbres à caoutchouc, murmura le Français. Eh bien ! il y en a pour de l'argent, en vérité !... Ce qu'on en ferait des pneus pour *Passe-Partout* avec tout ça !...

Il réfléchit quelques secondes et ajouta en aparté, et d'un ton railleur :

— Je pourrais faire fortune, cependant au cours de ce voyage-ci ! Au Klondyke, je découvre une mine d'or, ici une forêt de caoutchoucs. Je suis dans le cas de trouver encore un placer de diamants avant de quitter le Brésil ! Enfin, ça pourra peut-être me servir un jour !

A ce moment, la main de son guide se posa sur son bras et l'attira en arrière avec une force irrésistible. Le batelier avait mis un doigt sur ses lèvres pour lui recommander le

silence, et, quand tous deux furent dissimu-
lés derrière un tronc volumineux, le Vénézuélien indiqua un point dans la pénombre de
la forêt. Le chasseur tressaillit : il avait vu ce
qui motivait les précautions de son compagnon.
Suspendu à une branche horizontale d'un gommier, se balançait un animal étrange qui pous-
sait de temps à autre un cri plaintif que l'on
eût cru arraché par la douleur. Cependant cet
être singulier paraissait en excellente santé,
car tout en proférant des *aïe-aïe* continuels, il
dévorait gloutonnement toutes les feuilles de la
branche à laquelle il se soutenait par ses
griffes.

Cordouan regarda son guide, celui-ci insista
en l'obligeant d'une pesée de la main à s'ac-
croupir derrière le colosse végétal leur servant d'abri, et alors il aperçut un autre animal se glissant à pas de velours d'arbre en
arbre, les yeux fixés sur l'édenté qui continuait, entre deux bouchées, à lancer son cri
mélancolique. A son pelage tacheté, à sa tête
ronde pourvue d'oreilles pointues et mobiles,
à sa démarche féline, le Parisien reconnut le
lion d'Amérique, le puma ou couguar, l'un
des carnassiers les plus redoutables de la forêt
vierge, et il sentit se réveiller tous ses instincts
de chasseur.

Le puma, tout entier à l'attentat qu'il mé-
ditait, n'avait pas éventé la présence des deux
hommes. Il se rasa comme un chat qui se
prépare à sauter, et détendant ses jarrets d'a-
cier, il bondit comme un projectile sur l'inoffensif herbivore.

Mais plus prompt encore que lui, l'ennemi
invisible qui suivait tous ses mouvements avait

epaulé son arme. Une détonotion éclata, et le féroce assaillant, arrêté dans sa course par la balle infaillible de l'adroit tireur, retomba sur le sol qu'il rougit de son sang. Après quelques convulsions, il demeura immobile.

Devant ce résultat, le jeune homme s'accorda un compliment.

— Démoli au vol et avec une seule balle, voilà qui n'est pas mal, mon petit, se dit-il. Mais je crois bien que c'est là un gibier un peu coriace. Autant manger de la gibelotte de vieux chat ! Enfin, si, à défaut de mieux, je me contentais de l'estropié qui geint là-bas, pendu à sa branche ?

Comme il se demandait s'il devait perpétrer le meurtre de l'édenté, qui demeurait stupidement accroché au gommier par ses longues griffes recourbées, un autre gibier plus présentable apparut sous la forme d'une bande d'agoutis qui accouraient trottinant sous les halliers. Cordouan choisit d'un coup d'œil ceux qui lui parurent les plus dodus, et un doublé coucha deux victimes sur le terrain.

— Allons, dit-il, en replaçant deux nouvelle cartouches dans le tonnerre de son arme, voilà pour le gibier de poil; maintenant un peu de volaille et je me déclare satisfait.

Mais le bruit des coups de fusil avait effrayé tous les habitants emplumés de la clairière, et dans un grand bruit d'ailes, aras, perruches, toucans avaient déserté le champ de carnage.

Il fallait donc chercher fortune un peu plus loin. Laissant alors le jeune Bartolóméo écorcher le puma dont il tenait à rapporter la peau, le Parisien s'éloigna pour terminer cette partie de chasse si bien commencée. On put entendre de loin, à plusieurs reprises, la voix de

son choke-bored, et le batelier achevait à peine
de dépouiller le félin, quand Cordouan revint,

Le feu fut préparé par Cordouan (Page 132;

portant un chapelet d'oiseaux de la grosseur
d'une grive, au plumage rougeâtre tacheté de
points blancs, et une espèce de dindon portant
sur le crâne une crête violacée. Il le montra au
jeune Vénézuélien en lui demandant, par une
pantomime expressive, si ce produit de la contrée était comestible. Celui-ci comprit sans
doute, car ses yeux brillèrent et il se passa la
main à plusieurs reprises sur l'estomac, avec
un air de sensualité.

— Ça bon, mutung, très bon !...

— Meilleur encore que le caoutchouc, n'est-
ce pas, mon garçon ?...

— Caoutchouc, bon, mutung bon, très bon,
aussi !

— Enfin tout est supérieur, dans ce pays-ci,
je vois ça !... Eh bien, ramasse tout cela et re-
tournons au radeau !

Inutile de dire combien Chavail fut satisfait
de voir reparaître son compagnon qu'il ne
voyait jamais s'éloigner sans inquiétude, connaissant son aventureuse témérité. Il le félicita
sincèrement de son adresse ; les agoutis allèrent rejoindre, dans le garde-manger, les
morceaux les plus savoureux de l'arapaima, et
on résolut de faire figurer le *mutung*, dont le
véritable nom est *hocco caronculé*, au repas du
soir qui fut préparé sur un bon feu allumé par
Cordouan. Mais, aux premières bouchées, les
deux Français s'entre-regardèrent et Cordouan
se tourna vers Antonio qui avait été chargé
de la cuisson de la bête.

— Qu'est-ce que cela veut dire ? s'exclama-
t-il. Quels ingrédients avez-vous fourrés là-
dedans ?...

Le marinier, tout ahuri de l'apostrophe, ne
répondait pas.

— En effet, la viande est alliacée, je le constate, fit gravement Chavaii.

— Mais oui, je parie qu'il a fourré au moins quarante gousses d'ail dans son rôti, ce bourreau de cuisinier ! fulmina le chasseur courroucé. Ce n'est plus un dindon, c'est un gigot !

Antonio finit par s'expliquer, aidé de son fils, et il affirma que ce goût alliacé était naturel et particulier à la chair du hocco.

— Je n'ai décidément pas de chance, murmura piteusement l'infortuné Cordouan. Je ne mets la main que sur des bêtes qui ne sont pas mangeables ! Satané pays ! Cela ne vaut décidément pas la France avec ses faisans, ses perdreaux et ses cailles !

Son ami riait de bon cœur de sa mine désappointée.

— Allons, ne te frappe pas, finit-il par lui dire. Chaque pays a ses surprises ; un autre jour tu seras plus heureux, et si ce soir tu as faim, mange une tranche d'arapaima. Il ne sent pas l'ail, celui-là !

On navigua encore toute la nuit, et quand le jour revint, on était hors de la forêt, dans une région bien cultivée où l'on apercevait de grandes plantations de cacaotiers et de caféiers. Le radeau passa en vue d'un certain nombre de villages bâtis au bord de la rivière, principalement aux endroits où des affluents venaient de l'une ou de l'autre rive grossir le fleuve. En consultant la carte, Chavail pouvait nommer ces agglomérations à son ami. C'étaient San-Carlos, San-José de Marabitannos, San-Marcelino, San-Juan-Bautista de Mabbe, San-Salvador de Guia, San-Felipe au confluent du rio Içanna, Santa-Ana, San-Gabriel... Tous les saints du calendrier menaçaient de défiler à leur tour, car l'ex-automobiliste annonçait que l'on verrait encore San-Antonio, San-Pedro, San-Izabel et enfin San-Joaquin de Coanne, au confluent du rio Vaupis.

Ce fut le soir du 1er juin que le radeau défila devant cette dernière localité. Le comte la désigna à son camarade, non sans y mettre quelque insistance.

— Qu'est-ce qu'il a d'extraordinaire ton Saint-Joachin de couenne, répondit irrévérencieusement le jeune homme.

— C'est qu'ici même passe la ligne imaginaire faisant tout le tour de la terre et qui sépare le globe en deux hémisphères. Nous entrons dans l'hémisphère austral, et je voulais t'en avertir. Tu te rappelles qu'il m'avait été imposé, dans mon pari, de franchir l'équateur ?...

— Alors nous coupons en ce moment même la ligne équinoxiale ?...

— C'est ce que je me tue à t'expliquer, depuis un quart d'heure.

Le chasseur sauta sur ses pieds.

— Alors, c'est le moment de célébrer cet heureux événement par la bouteille de champagne que j'avais mise en réserve pour cette occasion.

Les quatre hommes trinquèrent gaiement à l'heureux passage de la ligne et au succès définitif de l'entreprise. Le champagne, bien que mis un bon moment à la traîne au bout d'une ficelle dans le sillage du radeau, était un peu tiède, mais il n'en parut pas moins le breuvage des dieux aux natifs du Vénézuéla qui ignoraient l'existence de ce produit des coteaux de la Champagne.

— Cela ne suffit pas ! déclara le fantaisiste

Parisien. Il faut que la fête soit complète et
que le passage de la ligne soit dignement com-
mémoré. Attendez un instant !...

Il se glissa à l'intérieur de *Passe-Partout*, et
malgré l'obscurité, car la nuit était complète,
il trouva bientôt ce qu'il cherchait, car les
moindres compartiments des armoires lui
étaient familiers, et un instant après il revint
les mains pleines de pièces d'artifices qu'il ins-
talla sur différents points de la plate-forme.

— Nous ne trouverons pas de meilleure occasion de tirer un feu d'artifice ! déclara-t-il
avec conviction.

Les mariniers n'avaient pas plus idée de l'existence de ce genre d'illumination que de celle
du champagne ; aussi leur stupéfaction fut-elle
considérable, lorsque des flammes de Bengale
projetèrent leurs lueurs, tantôt livides, tantôt
sanglantes, sur les eaux du Rio Negro qui mi-
roitaient comme un lac de fer ou de plomb en
fusion. Cordouan fit ensuite détoner quelques
gros serpenteaux, mais ce qui mit le comble à
la surprise du *topa* et de son fils, ce fut l'ascension bruyante de quelques fusées à pluie
d'or et à étoiles d'argent, et la rotation d'un soleil tournant qui fut cloué au mât et lança une
pluie d'étincelles multicolores de tous les côtés.
Enfin la formidable détonation d'une bombe
clôtura la fête ; les échos voisins répétèrent ce
bruit et les habitants de San-Joaquin de Coanne purent se demander, en entendant ces roule-
ments de tonnerre et en apercevant ces lueurs
insolites, s'il ne se livrait pas une bataille na-
vale sur le fleuve noir.

Le surlendemain, alors que le radeau arrivait en vue du village de Macacabi, le cours de la
rivière se rétrécit, et sa vitesse parut s'accen-

tuer ; les voyageurs pénétraient dans une région où la navigation est difficile, car le lit du
rio est obstrué, sur une longueur de plus de
deux cents kilomètres, par des obstacles de
toute nature, surtout par des bancs de sable
constituant des hauts-fonds très dangereux, et
des îlots formés d'une accumulation des détri-
tus végétaux provenant des nombreux affluents
arrivant des deux rives. Il s'agissait d'ouvrir
l'œil, comme disait Cordouan, si l'on voulait
éviter le naufrage.

La voile, plus dangereuse qu'utile, avait été
carguée et remontée en tête du mât, le *topa*
Antonio était à l'arrière, au gouvernail ; son
fils et les deux Européens armés chacun d'une
gaffe veillaient sur chaque bord, de façon à
éviter tout abordage avec un écueil, ce qui
n'aurait pas été sans amener quelque dégât
dans l'assemblage de troncs d'arbres constituant l'embarcation.

La contrée était déserte, et la rivière coulait entre deux murailles végétales qui, en
certains endroits, se rejoignaient par leurs cimes, et formaient une voûte de feuillage assez
épaisse pour tamiser les brûlants rayons du
soleil. Le pied de ces arbres, aussi serrés que
les barreaux d'une grille, plongeaient dans les
eaux sombres du rio qui s'épandait jusqu'à
une assez grande distance, à droite et à gauche, sous ces ténébreux arceaux, et les Européens se rendaient compte qu'une sève fiévreuse agitait et travaillait toute cette végétation
puissante, où la vie débordait de toutes parts
dans un tourbillon vertigineux de composition
et de décomposition incessantes. Aux branches
de colosses aux troncs moussus contemporains
des premiers âges du globe, et qui apparte-

naient à la famille des légumineuses, pendaient
d'énormes cosses semblables à celles des pois
et des haricots. La berthollétie gigantesque,
qui donne le fruit appelé noix de Para, voisi-
nait avec le pao ferro ou bois de fer, et un botaniste expérimenté eût reconnu au passage
des cannelliers, l'arbre qui donne la muscade,
et celui qui produit la fève de Tonka au par-
fum pénétrant, puis le bois de rose, le bois de
fer, le bois de Brésil, le pérobal, le gonçalo, le
sapucaia, le bracutiara, et une multitude d'autres essences d'une valeur inestimable pour
leur bois, leurs fruits, leurs huiles ou leurs ré-
sines. Tous ces végétaux étaient réunis les uns
aux autres par des plantes volubiles parasites,
des vignes folles dont les tiges, allant de la
grosseur du doigt à celle du bras, s'enroulaient
d'un tronc à l'autre et escaladaient les plus
hautes ramilles en formant de véritables ri-
deaux de verdure presque impénétrables à
l'homme. Et cette immense forêt abritait certainement toute une population d'animaux à
deux et à quatre pattes de toute espèce. Sur les
rameaux élevés des cèdres et des gommiers, les
singes, dont on compte plus de soixante espèces
dans la faune du Brésil, bondissaient et exécu-
taient mille cabrioles. Sous les épaisses ramures trottaient les pécaris ; le grand chat sauvage ou ocelot guettait les petits quadrupèdes,
les coatis, les agoutis, les ratons, et des froisse-
ments de feuilles mortes annonçaient le passage furtif de dangereux habitants de la brousse : les reptiles tels que l'anaconda ou sucu-
ruyu, l'eunecte ou l'elaps. Enfin, à plusieurs
reprises, les voyageurs aperçurent de curieux
spécimens de didelphes, connus sous le nom
de sarigues et d'opossums, fuyant dans leurs

retraites, à l'intérieur de troncs d'arbres creusés, et, si Cordouan l'eût désiré, il n'aurait eu qu'à choisir pour remplir le garde-manger, en visant dans l'armée des volatiles de toute espèce s'ébattant au-dessus de la forêt et franchissant le rio d'une rive à l'autre. Par moments, les Européens se croyaient transportés par magie dans une autre planète, devant ces féeriques apparitions dignes des *Mille et une Nuits*. Ces arceaux de verdure, ces grottes de lianes, ces chapiteaux de fleurs, ces couloirs de feuillages aux teintes les plus vives et les plus heurtées, ne laissant pénétrer les rayons du soleil qu'en zigzags capricieux, évoquaient dans leur esprit toutes sortes d'images tour à tour gracieuses et terribles. Ce monde étrange, reproduit dans le miroir paisible mais indécis des eaux sombres, leur apparaissait comme une mer diaphane de verdure et de parfums, et Chavail se figurait ce que pouvait devenir ce splendide paysage, lorsqu'aux approches de l'ouragan, les vents mugissaient à travers ces étouffes épaisses, en faisant craquer les branches des arbres foudroyés et suspendus encore comme les mâts d'un navire, alors que les éclats du tonnerre retentissaient en échos innombrables, et il se disait qu'alors ce tableau si gracieux, si séduisant, devait prendre des proportions fantastiques, et devenir une vision fiévreuse, comme on en perçoit dans certains cauchemars terrifiants.

Tout en songeant à ces multiples aspects que présente la forêt vierge, les voyageurs, suivant les indications du topa, manœuvraient de façon à éviter tous les accidents dont était semé le lit de la rivière, et une partie de la journée se passa sans incident fâcheux. Le comte se félicitait déjà d'être sorti indemne de ce dangereux passage, quand, vers cinq heures du soir, le vieil Antonio parut inquiet.

— Ecoutez !... fit-il en levant la main en l'air pour recommander le silence.

Dans le lointain, on entendait un bruit singulier qui semblait se rapprocher peu à peu.

— Mais on dirait le bruit d'une chute d'eau !... fit Cordouan en prêtant l'oreille. On croirait que nous approchons d'une cataracte !...

De minute en minute, le fracas de l'eau devenait de plus en plus assourdissant ; cependant on ne distinguait encore rien, même en montant sur la toiture de l'automobile. Enfin, à un coude de la rivière, les voyageurs purent reconnaître qu'ils arrivaient au point le plus périlleux de leur navigation, c'est-à-dire dans les défilés de Lamalonga qui leur avaient été signalés à San-Francisco de Sotanos. C'est là qu'il fallait redoubler d'attention, la moindre fausse manœuvre pouvant amener une catastrophe irréparable.

Se heurtant à des rochers irrégulièrement disséminés en travers de son cours, l'eau formait des tourbillons, des remous, et les mariniers avaient la plus grande peine à empêcher la lourde plate-forme d'aller s'écraser sur un écueil à fleur d'eau. Elle s'arrêtait par instants pour, la minute d'ensuite, repartir avec la rapidité d'une flèche décochée par un vigoureux archer, et à chacune de ces impulsions désordonnées, les Français avaient grand'peine à maintenir leur équilibre et ne pas être précipités dans les eaux mugissantes et qui bouillonnaient par places comme chauffées par des feux souterrains. Ils entendaient à grand'peine les indications du pilote dans le fracas des eaux furieuses, et s'étonnaient de ce que le naufrage qui paraissait, de seconde en seconde, plus inévitable, ne se fût pas encore produit.

Soudain le comte de Chavail eut la perception bien nette que le radeau raclait le fond.

— Attention ! cria-t-il d'une voix éclatante. Nous talonnons !...

Il y eut un instant d'arrêt, puis le flotteur qui soutenait *Passe-Partout* se dégagea, pivota et se mit en travers du courant.

Les jeunes gens retinrent un cri d'angoisse, car ils sentirent le lourd plateau se soulever obliquement et ses assemblages se disjoindre avec un bruit sinistre, pendant que des cascades écumantes s'abattaient sur lui.

Un craquement terrible retentit, l'appareil faillit se retourner, mais il s'arracha de l'étreinte des rochers qui l'enserraient, et fut lancé, comme par la force d'une catapulte, contre les arbres de la rive gauche. Le choc fut si violent que les dernières ligatures de lianes qui réunissaient les madriers les uns aux autres se cassèrent et que ceux-ci partirent à vau l'eau de tous les côtés.

— Sauve qui peut !... s'écria alors le *topa.* Nous coulons !...

CHAPITRE XXIII

LE FLEUVE DES AMAZONES

Peu de pays possèdent une population plus mélangée que le Brésil. On y rencontre d'abord une race à tête à la fois très longue et très haute, qui, sous le nom général de *Tapuyas* (barbares, étrangers), ou de *Caboclos* (cuivrés), comporte les *Aimores* ou *Botocudos*, les *Goytacazes* ou *Coroados*, les *Coropos*, les *Puris* (voleurs), les *Cororos*, etc., qui vivent de pêche, de chasse, et sont, à l'occasion, anthropophages. Il existe ensuite une autre race, à peu près blanche, de taille au-dessous de la moyenne, au nez aquilin, au système pileux très développé et comprenant les peuplades désignées sous les noms de *Huauas, Xareyes, Parexis, Chasses, Ticunas, Bakaïris*, etc., qui sont plus intelligentes que les premières et s'adonnent de préférence à l'agriculture, à l'exception toutefois des *Myabas* ou *Guaicurus*, et des *Mundurucus* (coupeurs de têtes), restés longtemps à l'état nomade, mais qui, depuis un demi-siè-

cle environ, vivent à peu près en paix avec les
Brésiliens civilisés. On rencontre enfin une
troisième race d'hommes, disséminée dans toute l'Amérique du Sud, du Vénézuéla jusqu'à
la République Argentine, et que l'on appelle les
Guaranis ou *Guaraunos*. Ils sont de petite taille, de formes massives, ont un crâne arrondi,
la face large et pleine, aux yeux petits et un
peu obliques, des cheveux gros, raides et noirs.
Parmi ces derniers, un grand nombre de *tapuyos*, ou demi-civilisés, ont des mœurs douces et pratiquent l'agriculture, en ajoutant toutefois à ses produits ceux de leur pêche et de
leur chasse.

Certaines tribus de Guaranis, pour échapper
à leurs ennemis, ont cherché des refuges dans
les grandes forêts vierges du bassin du haut
Orénoque, du Solimoens et du Rio Negro, où
elles trouvent les choses indispensables aux besoins de la vie. Les palmiers, dont ces forêts
immenses contiennent plus de deux cents espèces différentes, leur procurent une nourriture abondante : la tige de certains de ces arbres
renferme une moelle farineuse, une espèce de
sagou qui, étant séché, donne une farine avec
laquelle on fait des galettes très nourrissantes.
La sève de certains autres fournit, à l'état naturel, une boisson aigrelette très rafraîchis-
sante, et, lorsqu'on la laisse fermenter, se trans-
forme en une liqueur spiritueuse. Avec les fibres du palmier, le Guarani se tresse des nat-
tes et des vêtements. Vu la chaleur du climat
et les habitudes de ces peuplades, le costume
est des plus rudimentaires, car il consiste en
une espèce de ceinture qui descend jusqu'à mi-
jambe. C'est encore avec les fibres du palmier
qu'ils fabriquent les filets et les lignes néces-

saires à la pêche, et le hamac où ils s'étendent
pour dormir ; les branches légères et flexibles
leur fournissent arcs et flèches, ainsi que le
bois de leurs lances ; enfin il n'est pas jusqu'à
leurs pirogues qui ne proviennent de cet arbre providentiel, car ils sont creusés dans des
troncs de palmiers. Cet arbre fournit donc tout
ce qui est indispensable aux besoins matériels
de l'existence, et c'est avec raison que les Guaranis l'appellent l'*arbre de vie*.

Mais la particularité la plus curieuse est
l'habitation, que les Guaranis ont encore de-
mandée à leurs palmiers. Pour se mettre à
l'abri des inondations, des serpents et des alligators qui pullulent dans les régions maré-
cageuses, ils ont donc établi leur domicile au
milieu de ces arbres, le plus souvent dans
ceux qui se dressent au bord des cours d'eau,
et s'élèvent à trente ou quarante mètres au-
dessus des émanations fiévreuses des végétaux
en décomposition. A cet effet, ils choisissent
quatre palmiers formant un carré plus ou
moins régulier ; ils entaillent ces arbres, dont
le tronc est énorme, de manière à former une
espèce d'escalier ; cela fait, ils assujettissent
des poutres entre les arbres et les fixent au
moyen de lianes. Les poutres étant mises en
place, ils les recouvrent de fascines pour constituer un plancher, et ce plancher, ils l'endui-
sent d'une couche épaisse de limon ou de vase ;
il n'est pas difficile d'obtenir cette dernière :
on n'a qu'à se baisser pour en prendre. Le soleil a bientôt desséché cette boue, qui forme
alors un revêtement incombustible, ce qui permet aux habitants du village aérien de faire
du feu sans crainte d'incendier le plancher qui
les soutient. Reste à édifier la toiture, abri in-

dispensable contre les pluies torrentielles qui durent des mois entiers et remplacent l'hiver dans ces contrées. Cette toiture est encore faite avec des feuilles de palmier, longues de trois mètres ; ces feuilles, entre-croisées et super-posées, sont aussi impénétrables à l'eau que le zinc et l'ardoise. Quant aux parois latérales, les habitants les croient inutiles, la pluie tom-bant presque toujours verticalement dans ce pays.

Lorsque les eaux du fleuve ou de la rivière sont rentrées dans leur lit et que le terrain est à sec, les indigènes descendent à terre pour se procurer des vivres frais, tels que tortues, oi-seaux poissons, etc., mais ils n'abandonnent pas la maison aérienne qu'ils ont construite, et malgré tout ce que les Européens ont pu faire, depuis leur établissement dans le pays, pour les décider à changer leur mode d'existence, les Guaranis n'ont jamais voulu quitter leurs nids où ils sont à l'abri des reptiles, sauriens et ophidiens, et de leurs ennemis. Et quand on a voulu insister, ils ont déguerpi pour recons-tituer leurs villages dans des régions sauva-ges et éloignées des défrichements et de la ci-vilisation des blancs.

Or, à l'endroit même où venait de se pro-duire le naufrage du radeau monté par les deux Français et leurs mariniers, s'élevait un sem-blable village guaranien, et une partie de sa population était occupée à la pêche, et se tenait sur les énormes racines servant de fon-dations à cette singulière cité aérienne. Quand, tout étourdis de leur plongeon forcé, les jeu-nes gens prirent pied sur ces substructions na-turelles, ils furent tout surpris de se voir en-tourés d'une douzaine d'indigènes au teint cuivré, sommairement vêtus d'un simple pagne d'écorce serré à la ceinture, et qui gesticulaient fébrilement.

Mais avant qu'ils fussent revenus de leur saisissement bien naturel, le *topa* et son fils 'étaient jetés au milieu des indigènes, et en quelques phrases rapides, les entraînaient avec eux vers les eaux bouillonnantes pour essayer d'opérer le sauvetage des objets entraînés par le courant. Les Guaraniens, habitués depuis l'enfance à se jouer des colères du fleuve, se plongèrent sans hésiter dans le rio et cou-urent disputer aux flots le matériel qui s'en allait à la dérive. Bientôt ils revinrent l'un après l'autre, traînant, les uns la voile avec ses cordages, d'autres la toile de la tente, les grès, les roues de *Passe-Partout*, jusqu'aux l'aisses qui avaient été englouties, mais heu-reusement dans un endroit où la profondeur de 'eau ne dépassait pas cinquante centimètres. Enfin presque tout le matériel fut sauvé et ramené sur le rivage, grâce à la promptitude et à la sagacité des enfants du désert.

Les deux amis avaient suivi ce sauvetage avec un sentiment d'angoisse compréhensible. Leur poitrine se souleva, et ils poussèrent un soupir de soulagement, quand ils virent repa-raître les nageurs rapportant fidèlement tous les objets qu'ils avaient péniblement arrachés aux tourbillons du Rio Negro.

— On peut dire que nous revenons de loin et que nous l'avons encore échappé belle, dé-clara Cordouan, car, sans ces braves sauvages, nous n'aurions pas sauvé une épingle de notre naufrage. Mais pourrons-nous maintenant con-tinuer notre voyage ! cela est moins que cer-tain...

Déjà, sautant d'une racine à l'autre, le comte de Chavail, était revenu auprès de l'automobile afin de se rendre compte s'il n'était pas problématique de songer à la retirer à son tour de sa situation critique.

Arrachée de ses supports, toutes les ligatures qui la maintenaient reliée aux madriers du radeau ayant été rompues à la fois, la voiture avait glissé le long de la surface arrondie de ces madriers, et, parvenue à leur extrémité, elle avait culbuté et s'était couchée sur le flanc, sur une épaisse couche de vase à peine recouverte de trente centimètres d'eau. Il serait certainement difficile, vu son poids, de la retirer de cette fâcheuse position, mais de toute façon, il fallait se hâter de tenter ce sauvetage, autrement elle ne tarderait pas à être complètement enlisée.

L'automobiliste combina rapidement son plan et, appelant Cordouan et les deux mariniers, il leur expliqua ce qu'il prétendait faire pour ramener *Passe-Partout* sur un terrain solide et l'extraire de son lit de vase. Ceux-ci se rangèrent immédiatement à son avis, et le travail commença.

Les poulies servant à rider les haubans du mât ayant été sauvées du naufrage permirent de constituer un palan qui fut frappé sur une basse branche, juste au-dessus de la voiture à demi submergée, et qui fut entourée d'un lacis de lianes résistantes, comme s'il se fût agit d'un vulgaire colis à transborder. Le crochet du palan fut engagé dans le point de réunion de tous ces cordages végétaux, et Antonio, qui parlait l'idiome guaranien, ayant expliqué aux indigènes ce qu'on attendait encore de leur bonne volonté, ceux-ci vinrent s'atteler au cordage du palan.

— Nous pouvons nous flatter d'avoir de la veine ! (Page 148)

— Oh hisse ! commanda Cordouan, qui s'était chargé de la direction de la manœuvre.

Sous la vigoureuse traction d'une douzaine de biceps solides, le cordage se raidit, et, centimètre par centimètre, les poulies montèrent à a rencontre l'une de l'autre. Le cœur battant d'inquiétude, le comte suivait la tension du câble. Sa solidité serait-elle suffisante pour supporter le poids de l'énorme colis, les lianes qui l'entouraient n'allaient-elles pas se briser sous la charge ?... Des craquements répétés redoublèrent son angoisse...

Il se rassura peu à peu : la caisse quittait son alvéole boueuse, et se redressait graduellement. Bientôt elle eut repris sa position normale et son ascension commença doucement. Dès que le châssis arriva au niveau de l'eau, le jeune homme s'écria d'une voix étranglée par l'émotion :

— Halte !... Vite les madriers !...

Sur son ordre, les deux mariniers s'étaient empressés d'apporter, avant le commencement de l'opération, toutes les pièces de bois qui, arrêtées par les rochers voisins, avaient pu être repêchées. Ils les empilèrent rapidement sous la base de la carrosserie ; alors, laissant redescendre petit à petit le palan, Chavail amena *Passe-Partout* à reposer verticalement sur ce support improvisé. Tout était sauvé encore une fois, et un énorme soupir de satisfaction s'échappa de ses lèvres.

Lucien de Cordouan ne se tenait pas de joie.

— Eh bien ! nous pouvons nous flatter d'avoir de la veine, et avouer que ces braves gens se sont trouvés là juste à pic ; autrement, je crois bien que notre voyage était bien fini ! ne put-il s'empêcher de s'écrier. En voilà des émotions pour une journée !...

Lorsque le crépuscule tomba, toute trace du naufrage avait disparu. Activement secondés par les obligeants riverains des rapides de Lamalonga, les deux mariniers étaient parvenus à rassembler tous les éléments du radeau qui étaient partis à la dérive et à reconstituer celui-ci avec son mât et sa voile. La tente avait été remontée à l'arrière, l'automobile remise sur ses cales de support, et tout était prêt pour la continuation du voyage. En faisant l'inventaire du matériel, le chef de l'expédition constata qu'il n'y avait à déplorer que la perte des couvertures, de quelques gros outils de fer, et du garde-manger, toutes choses qui n'étaient pas absolument indispensables et que l'on pourrait facilement remplacer à l'arrivée dans la plus prochaine ville.

Pour l'instant, il ne restait pas la plus petite bribe de nourriture pour le repas du soir, et Cordouan, qui prétendait que les péripéties du naufrage lui avait creusé l'estomac, fit part de ses perplexités au topa. Celui-ci s'entretint un instant avec les indigènes qui les entouraient.

— Les Guaranis sont également assez pauvres en vivres en ce moment, répondit-il, et ce serait un service à leur rendre, puisque vous avez des fusils, d'aller aux environs essayer de tuer quelque gibier pour eux et pour nous. D'ailleurs, l'un d'entre eux vient de me dire qu'il connaissait un endroit où l'on peut espérer faire une chasse magnifique : l'abreuvoir aux tapirs, et il offre de vous y conduire en pirogue, car c'est d'heure où ces animaux vont boire.

Du moment qu'il était question de chasse, le Parisien était toujours prêt, et il ne sentait plus la fatigue.

— Partons ! dit-il en jetant son arme sur son épaule.

— Je t'accompagne ! dit Chavail. A deux, nous ferons meilleure besogne.

Les Français s'embarquèrent dans une longue pirogue avec Bartoloméo qui devait leur servir d'interprète, et les deux Guaranis armés de larges pagaies prirent place à l'avant.

L'obscurité était complète sous les hautes frondaisons de feuillage ; cependant les pagayeurs dirigeaient leur légère embarcation sans hésiter, et le canot glissait silencieusement sur les ondes traîtresses qui avaient failli engloutir le lourd radeau. Soudain une échancrure apparut dans la muraille végétale, et rangeant la berge de plus près, la pirogue arriva au fond de cette baie où débouchait un ruisseau.

— Nous sommes arrivés, murmura le jeune Barto.

Les quatre hommes débarquèrent sans bruit ; les chasseurs vérifièrent leurs armes au toucher et, suivant l'indication qui leur fut donnée, ils se mirent à l'affût derrière un tronc de dimensions aussi colossales qu'un pilier de cathédrale.

— Pas de bruit ! murmura le Vénézuélien, les tapirs ne vont pas tarder à arriver et ils ont l'ouïe fine !

Un quart d'heure environ s'écoula, sans que l'on entendit autre chose que le murmure éloigné des rapides, quand soudain Cordouan tressaillit : un bruit de branches écrasées, de

feuilles froissées sous le piétinement d'une
bande d'animaux venait d'arriver jusqu'à son
oreille exercée. Les Guaranis avaient également entendu et préparé leurs armes primiti-
ves. Le bruit devenait de plus en plus distinct,
et bientôt les Français distinguèrent vague-
ment sur le bord de la crique plusieurs formes
indistinctes qui leur parurent ressembler à des
sangliers.

— Attention ! souffla Cordouan à l'oreille
de son ami. Tu es prêt ?

— J'y suis !.... répondit à voix basse Chavail, parodiant la devise fameuse de Lagardère.

L'obscurité était telle que les chasseurs dis-
tinguaient à peine l'extrémité du canon de
leur fusil, et qu'il fallait tirer à peu près à
l'aveuglette.

Heureusement, les quadrupèdes qui venaient
boire au rio étaient assez nombreux pour qu'on
pût espérer ne pas gaspiller sa poudre.

Quatre coups de feu éclatèrent à quelques
secondes d'intervalle : à ce bruit inusité, que
répétèrent longuement les échos de la forêt, ce
fut une débandade générale. Avec des grogne-
ments de terreur, les quadrupèdes regagnèrent
la terre ferme, et leur galop se perdit bientôt
dans les profondeurs des fourrés. Lorsque les
Guaranis eurent allumé des branches résineu-
ses dont la clarté dissipa les ténèbres, les chasseurs purent se convaincre que leurs coups
avaient porté : deux corps gisaient inertes sur
la berge, au milieu d'une mare de sang.

Cordouan s'approcha pour examiner de plus
près ces curieux animaux, qu'il n'avait fait
qu'entrevoir confusément dans l'ombre et ne
connaissait guère que par des descriptions lues
dans les livres de voyages.

Les tapirs, qui ne se rencontrent qu'en Amérique, dans les solitudes boisées du bassin de l'Amazone, sont des quadrupèdes de la taille d'un mouton, mais lourds, épais, bas sur pattes. Leur mufle se termine par un prolongement qui fait de leur nez une trompe mobile, ébauche minuscule de celle de l'éléphant, et dont l'extrémité est préhensible. Les membres de devant ont quatre doigts, ceux de derrière trois ; la queue est courte, la peau couverte de poils assez ras. Les tapirs, qui fréquentent de préférence les terrains inondés, les forêts noyées, sont des animaux timides et méfiants. Ils nagent et plongent très bien. Ordinairement ils vivent par petites troupes, ont des mœurs nocturnes, et se nourrissent de racines et de plantes. Les échantillons que le chasseur avait sous les yeux appartenaient, à n'en pas douter, à l'espèce dite *tapirus americanus* et qui est caractérisée par une trompe cylindrique à l'extrémité et assez courte, et par une crinière de couleur brun foncé. Leur poids devait atteindre de 150 à 190 kilogrammes.

C'était donc un gibier qui n'était pas à dédaigner et qui arrivait à propos.

Les Guaranis étaient radieux, car, avec leurs flèches et leurs lances, il est assez rare qu'ils arrivent à bout de mettre bas ces gros animaux, et cette capture assurait une provision de venaison de plusieurs jours. Ils s'empressèrent de charger les pachydermes sur la pirogue, et à grands renforts de pagaies, ils remontèrent le courant en longeant la rive, pour revenir au village, ce qui leur demanda près d'une heure d'efforts. Debout à l'avant du canot, le jeune Barto projetait sur les eaux torrentueuses des lueurs sanglantes et fuligineuses de sa torche.

Lucien de Cordouan ignorait absolument les

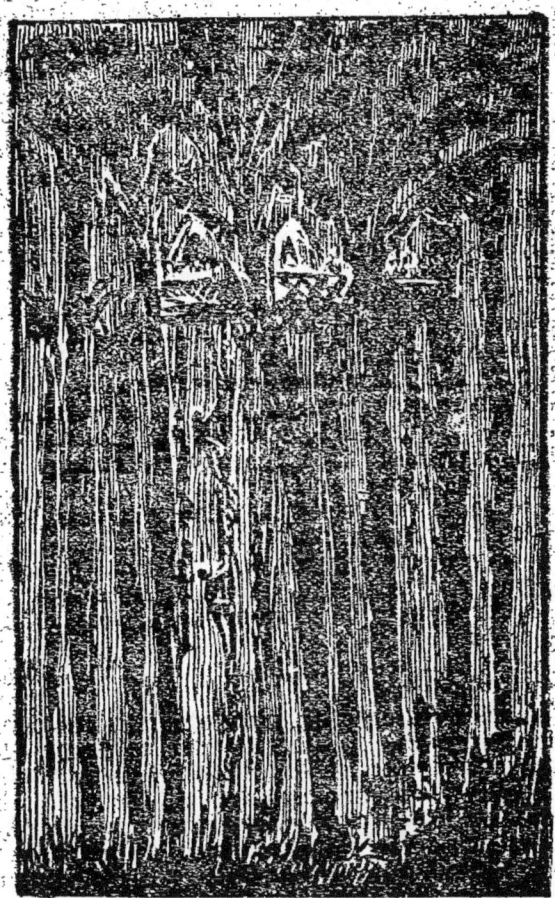

Le jeune batelier empoigna l'échelle de lianes (Page 154)

singulières conditions d'existence adoptées par
les Guaranis ; aussi fut-il fort étonné en re-
trouvant l'emplacement d'où il était parti pour
voguer à la chasse des tapirs, silencieux et désert. Pourtant, il reconnaissait bien l'endroit,
et d'ailleurs le radeau reconstruit, avec son
mât, sa voile, et *Passe-Partout* au milieu, était
là, amarré à une grosse racine aquatique. Il se
retourna vers son compagnon et l'interrogea
du regard.

— Oui, nous sommes arrivés, et nous débar-
quons, répondit celui-ci à sa muette interro-
gation.

— Mais où sont donc passés tous les indigènes qui étaient ici tout à l'heure.

— Ils sont rentrés chez eux.

— Ah !.. Où est donc leur village ?...

— Tu n'as qu'à lever la tête, tu le verras !

— Est-ce que tu te moques de moi ?... Ces
gens-là vivraient dans les arbres, comme les
singes et les oiseaux ?...

— Je te dis la vérité. D'ailleurs tu vas pouvoir t'en rendre compte.

Les pagayeurs avaient amarré leur pirogue
dans une anfractuosité, et par gestes expres-
sifs ils invitaient leurs pourvoyeurs de gibier
à les suivre.

— Quoi ! fit le jeune homme, il faut que je
grimpe à l'arbre ?

Déjà les habitants du village aérien lui don-
naient l'exemple et escaladaient agilement le
fût du palmier, en s'aidant des lianes qui l'entouraient et des excroissances de l'écorce. Dé-
libérément, le jeune batelier empoigna l'échelle
de lianes et se hissa à son tour le long du tronc.

— Quelle fichue idée que ces gaillards-là ont
de demeurer au cinquième étage ! grommela
le chasseur, en assujettissant de son mieux ses

engins de chasse et se préparant à effectuer à
son tour l'ascension du palmier. Si, encore, ils
avaient installé un ascenseur, je comprendrais !... On voit bien que nous sommes ici
dans le pays des singes !...

Tout en maugréant ainsi, il s'élevait peu à
peu le long de la colonne végétale, suivi de
Chavail qui fermait la marche. Heureusement
la nuit était noire, sans quoi, les deux Français
ne seraient pas arrivés sans éprouver de vertige, au terme de leur ascension.

Le spectacle auquel ils assistèrent, une fois
parvenus sur la terrasse du village aérien, à
plus de trente mètres au-dessus des derniers
rapides du Rio Negro, les récompensa de leur
fatigue et ils demeurèrent un instant à le contempler.

Sur une plate-forme qui pouvait mesurer un
peu plus d'un hectare, surmontée de bouquets
de feuilles gigantesques qui n'étaient autre
que l'épanouissement, la tête des palmiers qui
enfonçaient leurs racines cent pieds plus bas
dans la vase, se dressaient une vingtaine de cases, assez irrégulièrement disposées, et coiffées
de toits coniques uniformes. Plusieurs foyers,
allumés en différents points, répandaient une
vive lumière éclairant le dessous des frondaisons, et projetant l'ombre démesurément agrandie des indigènes qui circulaient dans les espaces laissés libres entre les habitations. Le
tableau ne manquait pas de pittoresque, mais
Cordouan rappela bientôt son ami aux réalités

— Avec tout cela, il est près de neuf heures
du soir, et mon bain forcé dans le Rio Negro
m'a donné un appétit féroce, dit-il, si bien que
je serais capable de dévorer à moi seul un tapir
tout entier. Quand est-ce qu'on se met à table
dans ce pays-ci ?...

— Regarde, on vient nous chercher, répliqua le chef de l'expédition ; il est probable que c'est pour nous inviter à souper.

— Puisses-tu dire vrai !...

Le comte ne se trompait pas : le *topa* Antonio et son fils venaient avertir leurs maîtres que tout était préparé pour le repas, auquel les conviaient les Guaranis hospitaliers.

Seuls, les notables du village aérien assistaient à ces agapes ; les femmes et les enfants étaient restés dans les cases particulières à chaque famille, et, bien que l'on ne pût se comprendre que par l'intermédiaire des Vénézuéliens qui parlaient le dialecte guaranien, les Européens échangèrent des formules de politesse avec leurs hôtes, sans cependant perdre pour cela un coup de dent. La viande de tapir était d'un goût exquis, et les chasseurs s'en régalèrent, d'autant mieux qu'ils pouvaient l'accompagner d'un succédané du pain, dont la privation leur était sensible : les galettes faites avec la moelle séchée du palmier. Des ignames bouillis suivirent les grillades de tapir, mais quelle ne fut pas l'horreur de Cordouan quand il vit apporter, dans un vaste plat de bois, le cadavre d'un enfant rôti baignant dans une sauce brune où nageaient des légumes de forme arrondie et gros comme des dragées. Ses cheveux se dressèrent sur sa tête.

— Quoi, ils mangent leurs descendants, accommodés aux haricots !... Je ne suis pas anthropophage, moi ! Je n'en veux pas de leur plat, il me resterait sur l'estomac, pour sûr !

Quelle ne fut pas sa surprise et son indignation quand il vit son camarade, une fois le soidisant enfant dépecé, se servir copieusement et commencer à ronger le tibia qui lui était échu.

— Jamais je ne t'aurais cru capable d'une chose semblable !... dit-il enfin, quand sa suffocation première se fut passée et que le souffle lui revint. Faut-il que la faim soit mauvaise conseillère pour pousser à des extrémités pareilles un homme civilisé !...

— Qu'est-ce que tu veux dire ?... Tu ne te sers pas ?... répliqua paisiblement Chavail.

— Moi !... dévorer mon semblable ! j'aimerais mieux, si la faim m'y forçait, me ronger les orteils jusqu'au milieu du front ! rugit le jeune homme.

— Est-ce que tu deviens fou, par hasard ?...

— Et toi, as-tu bien le cœur de plaisanter en dévorant les membres de ce pauvre petit enfant ?... Je sais bien que ce n'est qu'un enfant de sauvage, mais, enfin, la sensualité a des bornes !

Le comte de Chavail partit d'un vaste éclat de rire et faillit s'étouffer.

— Quoi... tu as cru... fit-il quand il reprit sa respiration arrêtée...

— Tu ne vas peut-être pas nier, quand tu tiens encore en mains une pièce à conviction.

— Ce n'est pas une pièce à conviction que je tiens à la main, c'est un cuissot de singe.

— Hein !... tu dis ?... du singe ?...

— Mais certainement ! Qu'avais-tu donc pensé ?... La confusion est réjouissante, en vérité !

— Ah ! si c'est du singe, c'est différent. Je m'étais alors trompé, et pour punition de mon erreur, je vais tâter de ce rôti de sauvage. Mais quels fricots, messeigneurs !... De l'arapaima, du tapir, du singe !... Je vais avoir bientôt toute une ménagerie dans le ventre !...

Le repas se termina sans autre incident que

—158—

cette méprise assez singulière, après que les
voyageurs eurent goûté aux amoncellements
de fruits de toute espèce récoltés par les indigènes, et dont beaucoup leur étaient inconnus.
Enfin, pour terminer la fête, les Guaranis firent
déguster à leurs invités le champagne américain, tiré, comme cela a été dit, de la sève fer-
mentée du palmier.

— J'ai ma foi bien dîné ! déclara le chasseur. Un fin havane par là-dessus et je remer-
cierai l'honorable société de son aimable accueil.

Les arboricoles ne voulant pas laisser redescendre les étrangers sur la terre ferme, par
cette nuit noire, leur offrirent l'hospitalité
dans une case inoccupée. Un épais monceau
d'herbes, de feuilles et de mousses empilées
sur le sol de cette hutte pouvait constituer une
couche au moins aussi confortable qu'un hamac, et les quatre hommes acceptèrent cette
offre avec reconnaissance. Ce fut avec un vif
sentiment de bien-être que les jeunes gens
étendirent leurs membres las sur ce matelas
de végétaux. Et malgré leur acharnement, les
moustiques ne parvinrent pas, cette nuit-là, à
les tirer de leur assoupissement.

Avant de prendre congé, le lendemain, de la
peuplade brésilienne, le comte de Chavail tint
à remercier par quelques modestes cadeaux le
secours qu'elle lui avait apporté, et sans lequel son voyage était irrémédiablement com-
promis et son pari perdu, l'automobile ayant
été engloutie avec son chargement au fond du
Rio Negro. Il fit don, à celui qui était le chef
de la communauté aérienne, de son couteau à
plusieurs lames et de la longue-vue, et aux
autres notables, tous pères de famille, de la

majeure partie du linge, des vêtements et des liqueurs qui se trouvaient encore dans les soutes de *Passe-Partout*. Les indigènes manifestèrent longuement leur joie, et pour remercier leurs bienfaiteurs, ils sautèrent dans leurs légères embarcations et précédèrent le radeau afin de lui indiquer les passes où il pourrait s'engager sans avoir à redouter la répétition de la catastrophe de la veille.

Après un trajet de quelques lieues, le paysage changea d'aspect ; le cours de la rivière s'élargit sensiblement et les accidents de terrain disparurent. Grossi par la venue de plusieurs affluents secondaires, le Rio Negro prenait l'apparence d'un lac immense, sans courant sensible ; sa surface était recouverte par places de plantes aquatiques et d'aroïdées telles que la *Victoria regia*, dont les feuilles rondes mesurent près de deux mètres de diamètre, et qui possède de larges fleurs rappelant celles du lotus. Toutefois, leur couleur, blanche d'abord, devient ensuite écarlate au moment de l'épanouissement de la corolle.

La région dangereuse des rapides étant franchie, les nautonniers guaranis manifestèrent aux étrangers le désir de regagner leur village. Les adieux furent donc échangés de part et d'autre avec cordialité, et les Européens serrèrent avec une sincère reconnaissance, bien qu'elles ne fussent peut-être pas d'une rigoureuse propreté, les mains des braves sauvages, à qui ils devaient en somme leur salut et surtout celui de leur matériel. Après un dernier hourra, les deux troupes se séparèrent donc, l'une pour regagner le village aérien, l'autre pour descendre vers le fleuve des Amazones.

Le temps perdu dans le naufrage fut bientôt regagné, car la navigation devenait plus facile sur la grande rivière dont les colères s'étaient calmées, et bien que, pendant plusieurs jours, les voyageurs eussent à subir des averses diluviennes, ils purent cependant utiliser leur voile et accélérer l'allure. Le 8 juin, ils arrivèrent à Barcellos, où s'arrêtent les services de vapeurs qui remontent le Rio Negro, et, à partir de ce moment, ils ne furent plus un instant seuls à voguer sur ce fleuve, sillonné de nombreuses jangadas, de trains de bois, de gabares chargées de marchandises, et de bateaux à vapeur. On laissait en arrière les contrées désertes où les établissements civilisés sont encore en petit nombre pour rentrer dans les pays policés et pourvus des ressources de l'industrie.

Le 10 juin, le radeau traversait le confluent du Rio Branco, au village de Carveiras, et, descendant toujours la rivière sans encombre, il passait le lendemain en vue des bourgades de Poyares, Moira, Ayra et Castanheirs. A partir de cet endroit il eut à longer des îles interminables et couvertes d'une végétation intense. Il n'était pas toujours facile de reconnaître la meilleure passe ; heureusement, Barto était si agile, son père avait le coup d'œil si sûr, qu'aucune anicroche ne vint entraver la course du flotteur pendant les trois jours qui furent nécessaires pour sortir de ce méandre inextricable.

Le ciel s'était rasséréné, la chaleur était plus forte que jamais. Le comte de Cordouan prétendait qu'il tournait à la couleur chocolat clair et serait transformé en bonhomme de pain d'épices avant son retour en Europe. Enfin le 13 juin, le radeau, évoluant non sans peine au milieu d'une flottille d'embarcations de toutes formes et de tout tonnage, mues à la voile, à la vapeur ou à la rame, vit s'ouvrir devant lui, comme une véritable mer, la grande artère du Brésil, l'Amazone, le plus grand fleuve du monde entier. La plus difficile partie du trajet était achevée ; en un mois, les intrépides sportsmen avaient franchi plus de deux mille kilomètres, depuis l'instant de la panne, et ce à travers des régions désertiques et les forêts tropicales. Cependant ils n'étaient encore qu'au tiers de la route à parcourir avant d'atteindre le point de la côte américaine d'où ils pourraient enfin s'élancer pour la dernière grande étape, vers l'Europe, à travers l'Atlantique.

A midi précis, au moment où toutes les cloches des églises de Manaos sonnaient l'*Angelus*, le radeau ayant trouvé un emplacement libre le long des quais du port de commerce, s'amarrait, et les Français mettaient pied à terre pour s'enquérir s'ils ne trouveraient pas enfin en cette ville l'établissement industriel et les artisans qui leur étaient indispensables pour remettre enfin en état le moteur détérioré, et continuer leur voyage.

CHAPITRE XXIV

LE POROROCA

Manaos est une ville qui compte près de quarante mille habitants et qui forme le centre commercial de la province d'Amazonie. Le comte de Chavail espérait bien trouver dans cette agglomération industrieuse ce qu'il n'avait pu rencontrer depuis la cordillère des Andes, c'est-à-dire un mécanicien et un outillage complet.

Il n'y avait pas à songer, pour l'instant, à se livrer à cette recherche ; il était midi et on était le jour de la Pentecôte, double raison pour que tout le commerce de la cité fût arrêté. Les rues étaient silencieuses, les magasins fermés, tout le monde faisait la sieste, car ce n'était pas le moment de s'exposer à la réverbération d'un soleil qui eût liquéfié l'asphalte des boulevards parisiens et brisé par l'expansion du mercure les tubes de verre des thermomètres exposés à son action.

C'est ce que comprit immédiatement le com-

te de Chavail. Laissant donc ses deux mariniers à la garde du radeau, il se réfugia avec
son *alter ego* à l'intérieur d'une hôtellerie
d'assez bonne apparence, et dont toutes les ouvertures tournées vers le midi étaient hermétiquement fermées, si bien que la température,
à l'intérieur, était beaucoup moins élevée qu'au
dehors, mais, en revanche, l'obscurité était
presque complète. On eût cru pénétrer dans
une cave.

Les deux hommes entrèrent dans l'auberge,
et lorsque leurs yeux se furent habitués au
crépuscule, éblouis qu'ils avaient été par les
rayons du soleil tropical, ils distinguèrent des
formes de buveurs affalés sur les tables et ron-
flant à pleine gorge. A ce qui servait de comp-
toir, le patron dormait aussi et un souffle
bruyant s'échappait de sa bouche largement
ouverte.

— Ah çà ! mais, c'est ici le château de la
Belle au bois Dormant !... dit Chavail.

— Sauf que l'on n'aperçoit pas la Belle ! rectifia son ami.

— Faut-il réveiller tous ces gens-là, demanda le comte, ou attendre que leur sommeil ait
cessé ?...

— Tu es bon !... Nous sommes dans une auberge, n'est-ce pas ? eh bien ! réveillons le patron.

— Et crois-tu qu'il va te comprendre ? Tu
sais qu'on ne parle que Portugais, ici...

— Les Portugais sont des gens gais... chan-
tonna le jeune homme.

— Possible, mais qui ne comprennent pas le
français.

— Eh bien ! nous demanderons un interprète. Ne m'as-tu pas dit que la population était
très mélangée au Brésil, et qu'on y rencontre

des gens de toutes les nations ? Nous y rencontrerons peut-être un autre Marius Passadou...

Les jeunes gens avaient parlé haut. Le bruit
de leurs paroles tira de leur assoupissement
plusieurs consommateurs qui relevèrent la tête
et les considérèrent avec curiosité.

— Holà, *padrone*, fit Cordouan en frappant
sur l'épaule de l'homme endormi dans le comp-
toir.

Celui-ci, réveillé brusquement, sursauta sur
son siège et regarda les nouveaux venus avec
ahurissement.

— Quelqu'un d'ici connaît-il l'espagnol ou le
français ? demanda le chasseur en portant ses
regards alternativement sur le tavernier et sur
les buveurs.

L'un de ces derniers se redressa.

— *Y habla español*, señors, déclara-t-il.

— Là ! que te disais-je ! dit le jeune homme d'un air satisfait, en s'adressant à son compagnon.

Celui-ci s'inclina ironiquement, et se dirigeant vers l'homme qui avait parlé, il parvint,
non sans difficulté, à lui faire entendre ce
qu'il désirait, c'est-à-dire se procurer un logis,
en attendant qu'il put se débrouiller dans la
ville où il venait d'arriver. Sa demande fut
transmise aussitôt par l'interprète bénévole à
l'hôtelier, qui attendait le résultat de ce col-
loque dont il n'avait pas compris un mot.

Quelques instants plus tard, les Français en-
traient en possession de deux chambres situées
à l'étage supérieur de l'hôtellerie, et ils en
avaient retenu une troisième pour leurs ser-
viteurs demeurés à bord du radeau.

— Qu'est-ce que nous allons faire mainte-

nant ? demanda Cordouan quand il se trouva
seul avec son ami.

— Tout à l'heure, lorsque la chaleur sera
tombée, la vie va reprendre dans la ville,
comme c'est l'usage dans les pays intertropi-
caux, et nous en profiterons pour nous rendre
compte de la topographie et commencer à nous
renseigner sur les ressources que la région peut
nous offrir. Si nous parvenons à mettre la main
sur un de nos compatriotes ? ce sera parfait !

— Et nos hommes, qu'en ferons-nous ?

— Barto rangera tout ce qui pourrait tenter
la cupidité des voleurs, s'il y en a dans le
pays, et cela fait, il viendra avec son père oc-
cuper la chambre qui leur est destinée.

— Crois-tu qu'il existe des magasins de con-
fections ?

— Je doute que nous y trouvions une succursale de nos grands caravansérails parisiens,
mais certainement il doit y avoir des mar-
chands de vêtements de toute espèce.

— Tant mieux, car notre garde-robe a quelque peu besoin d'être renouvelée, et nous n'a-
vons plus de linge de corps, puisque nous en
avons gratifié nos sauveteurs du Rio Negro.
Mais j'y pense, as-tu encore de l'argent sur toi?

— Ne t'inquiète pas. Je me suis muni, avant
de quitter la France, de lettres de crédit sur
les principales banques du globe. Or, Manaos
est une assez grande ville pour contenir une
succursale d'un de nos grands établissements
financiers, ou un banquier correspondant, et
par conséquent, rien ne me sera plus facile que
de me faire remettre des fonds.

— Et nous y trouverons aussi le télégraphe !...

— Pour cela, n'y compte pas. On n'a pas encore posé, que je sache, de ligne télégraphique entre Manaos et les autres cités du Brésil. Le chef-lieu de l'Amazonie n'est donc en relations avec le reste du pays et du monde que par les services de vapeurs qui remontent le fleuve depuis Belem.

— Il n'y a pas de télégraphe et tu dis que c'est un pays civilisé ?... Il n'y a pas non plus très probablement de chemins de fer ?...

— Non, aussi reste-t-il beaucoup à faire au point de vue industriel pour mettre en valeur les immenses richesses de ces régions à peine ouvertes à l'expansion de l'activité humaine.

— Dans ces conditions, je doute fort, alors, que nous trouvions les machines qui nous sont indispensables pour remettre en état notre infortuné *Passe-Partout*.

— C'est ce que l'avenir nous dira bientôt ! conclut Chavail.

Pendant toute la soirée les voyageurs déambulèrent par la ville qui s'étendait sur un vaste espace, le long de la rive gauche du Rio Negro jusqu'à son point de jonction avec le fleuve des Amazones, qui perd en cet endroit le nom de *Solimoes*, qui lui est donné depuis Iquitos. A plusieurs reprises, ils pénétrèrent dans des établissements publics et essayèrent de rencontrer un Français, mais sans succès, bien que les deux mots riment ensemble. Il était à croire que la France n'avait pas un seul représentant dans cette cité éloignée.

— Ah ! s'il y avait une place où l'on émarge au budget de la métropole, sûrement on en trouverait, car on rencontre plus de fonctionnaires que de colons français à l'étranger, soupira Cordouan toujours frondeur.

Cependant une surprise agréable était réservée au comte de Chavail. Au cours de sa promenade dans les principaux quartiers de Manaos, il avait remarqué le bâtiment de la Banque. Lorsqu'il s'y présenta le lendemain pour réaliser les fonds qui lui étaient nécessaires pour la continuation de son voyage et qu'il fit connaître sa nationalité, on le conduisit à un employé principal parlant très purement le français.

— Rien d'extraordinaire à cela, répondit le Brésilien pour faire cesser l'étonnement de son visiteur. Je suis natif de Rio-de-Janeiro, mais j'ai séjourné près de dix ans à Belem avant d'être envoyé ici et, étant chargé à cette époque du service de la correspondance étrangère, j'ai dû apprendre l'espagnol et le français, chose facile d'ailleurs, car il existe une petite colonie de personnes appartenant à ces nations et qui habitent le Para.

Une fois les affaires qui l'avaient amené à la Banque réglées à son entière satisfaction, le comte demanda à son obligeant interlocuteur s'il n'existait pas d'usine de mécanique à Manaos. L'employé de banque lui répondit avec vivacité :

— Je vous demande pardon, il existe plusieurs usines de ce genre ici, mais arrivé d'hier et ne connaissant pas la langue du pays, ne soyez pas surpris d'ignorer leur existence. La principale est située à l'extrémité des quais de débarquement, presque dans la banlieue de Manaos. Elle construit et répare les machines à vapeur employées dans le pays pour les usages agricoles et pour les bateaux opérant les transports sur le fleuve et possède un outillage complet.

Le front de Chavail, assombri par l'inquiétude, se rasséréna. Cette affirmation formelle dissipait son principal souci ; aussi se hâta-t-il de prendre congé du banquier en le remerciant chaleureusement de ses précieux renseignements, et il courut annoncer la bonne nouvelle à son ami qui devait être retourné au radeau, ses emplettes effectuées dans les divers magasins de la ville. Mais mons Cordouan n'avait pas encore reparu, et, pour ne pas perdre de temps, l'automobiliste, qui entrevoyait la possibilité d'apporter à son appareil de locomotion les remèdes appropriés pour lui redonner l'existence, se rendit sans tarder à l'usine indiquée.

Un rapide coup d'œil dans les ateliers et les cours de l'établissement industriel renforça son espoir, car il aperçut tout un outillage mécanique actionné par courroies de transmission, des tours, des machines à percer, des fraiseuses, des raboteuses, des forges, une fonderie, et une grue à vapeur mobile sur une voie de fer, et pouvant lever des poids de plusieurs tonnes pour effectuer le chargement et le déchargement des navires.

Après avoir trouvé le chef de l'usine, il lui expliqua non sans peine, en un déplorable espagnol, les services qu'il attendait de lui. Le constructeur, un créole au teint mât, à l'expression intelligente, parvint, en prêtant une vive attention, à saisir ces explications, mais il manifesta une prodigieuse stupéfaction, voisinant l'incrédulité complète, quand le Français lui affirma qu'il arrivait d'Europe, et que la voiture avariée qu'il s'agissait de réparer avait fait sans encombre le chemin de Paris à Santa-Fé de Bogota. C'est pourquoi, aiguillonné par la curiosité de voir de près cette voiture magique, l'industriel accepta de mettre son personnel et son matériel à la disposition du jeune homme et d'exécuter les travaux de réparation reconnus nécessaires.

L'automobiliste était radieux quand, à l'heure du déjeûner, il mit son camarade de voyage au courant de ses efforts. Lucien était non moins satisfait, car il avait pu se procurer dans les principaux magasins de Manaos les objets dont la nécessité se faisait le plus vivement sentir, et qui avaient été perdus ou donnés pendant les dernières étapes. Les choses prenaient donc une tournure tout à fait favorable et il n'était plus chimérique d'envisager le moment où *Passe-Partout* serait remis sur ses roues et ferait entendre de nouveau son *teuf-teuf* triomphant.

Dès le lendemain matin, les travaux commencèrent aux premières heures du jour. Sous la direction du comte de Chavail, deux mécaniciens de l'usine vinrent opérer le démontage du moteur de l'automobile, qui fut séparé du châssis et transporté aux ateliers sur un chariot à deux roues. Ainsi que le chauffeur l'avait prévu, on fut obligé, pour démonter les cylindres et les enlever du carter, de briser à coups de marteau les deux pistons qu'il était impossible de retirer autrement. Les billes d'attache une fois libérées de leurs tourillons, les cylindres purent être séparés du carter, et les derniers débris de segments détachés à coups de ciseau à froid. Mais alors la surface intérieure des cylindres se trouva, après cette opération, en assez mauvais état et il était indispensable de procéder à un réalésage, ce qui fut exécuté sur un tour et demanda deux journées entières. Pendant que l'on procédait à ce travail à l'atelier, deux autres mécaniciens s'occupèrent de réparer le radiateur de l'avant et les fusées d'essieu, qui avaient été légèrement faussées dans les chocs du naufrage, et de reconstituer l'étanchéité de toute la tuyauterie d'eau et d'essence. De son côté, le comte ne demeurait pas inactif ; il avait endossé par-dessus sa chemise de flanelle une longue blouse grise et il travaillait à la remise en état des organes du changement de vitesse, de la transmission et des freins, qui tous avaient plus ou moins souffert et réclamaient une visite sérieuse.

Enfin, il n'y eut plus qu'à procéder au remontage général de tout le mécanisme : des bielles neuves furent ajustées à la place des anciennes sur l'arbre à vilbrequin et serrées sur les tourillons de pistons neufs, et sans avoir brisé aucun des nouveaux segments de fonte douce, les cylindres reprirent leur place et furent serrés sur le carter. Les culasses et le distributeur d'électricité furent remis en place, réglés, tous les écrous et clavettes resserrés et les fils mis sur leurs bornes. On plaça des bougies neuves, et après avoir fait tourner le moteur à vide à l'aide d'une manivelle pendant plusieurs heures, en le graissant abondamment pour le roder, on put vérifier si tout était enfin remis au point comme auparavant.

Le comte de Chavail était un peu ému et le cœur lui battait, dans l'incertitude du résultat final, pendant qu'il mettait en place la cheville métallique de contact et qu'il réglait ses manettes de carburation et d'allumage. Enfin, la gorge trop serrée pour pouvoir parler, il fit un signe à Lucien qui tenait la manivelle de lancement, et aussitôt celui-ci donna une vigoureuse impulsion à l'arbre de commande.

Ra pa pa pan !... le moteur se mit instantanément à tourner, et, après quelques instants de tâtonnement nécessités pour le réglage précis du point d'allumage et le dosage du mé-

lange carburé gazeux, les explosions se succédèrent régulièrement, suivant un rythme
plus ou moins rapide, selon que Chavail donnait ou retirait l'avance à l'allumage. Après
une demi-heure de marche, pendant laquelle le
chauffeur inspecta minutieusement le jeu de
chaque organe, corrigeant à mesure ce qui lui

Le comte de Chavail travaillait à la remise en état
des organes de la machine (Page 170)

paraissait défectueux, il se déclara satisfait de
l'essai et arrêta le fonctionnement.

— Eh bien ! tu es content ? fit Cordouan.
Tout va bien maintenant, signé Chavail, n'est-
ce pas ?

— Oui, je crois que le mal est réparé.

— Alors quand repartons-nous ?

— Demain matin, au lever du soleil !

— Il y a de bonnes routes, par ici ?...

Le chef de l'expédition eut un haut-le-corps
de surprise.

— Mais nous ne partons pas par la route, ré-
torqua-t-il. D'ailleurs, il n'y en a pas que je
sache.

— Alors ?... interrogea encore Cordouan qui
parut désorienté, par où partons-nous ?

— Mais nous continuons à descendre le fleuve des Amazones, tout simplement.

— Alors, je ne vois pas pourquoi nous avons
fait réparer notre machine !

Le comte haussa les épaules.

— Ne peut-elle pas nous servir aussi bien
sur l'eau, crois-tu ?...

— C'est que la surface du fleuve ne me paraît pas aussi solide que celle du détroit de
Behring....

— Tes plaisanteries sont d'un goût douteux,
je te le ferai remarquer. As-tu donc oublié que
nous avons dans nos bagages une hélice en
bronze avec son arbre et ses cardans ?...

— Alors nous allons marcher maintenant à la
voile et à l'hélice ?... Combien avons-nous exactement de chemin à faire d'ici la côte ?...

— Près de huit cent milles marins, soit
quinze cents kilomètres en nombre rond, c'est-
à-dire un bon quart en moins de ce que nous
avons déjà parcouru avec notre radeau

— C'est-à-dire au moins trois semaines encore à passer sur l'eau ?...

— Nous sommes aujourd'hui le 20, j'espère bien que nous serons au Para à la fin du mois.

— Que le ciel t'entende !... Maintenant, autre chose, est-ce que nous conservons avec nous nos deux mariniers ?....

— C'est la question que j'ai adressée à Antonio, en lui demandant s'il voulait nous piloter jusqu'à l'embouchure de l'Amazone, mais il m'a répondu qu'il préférait ne pas s'éloigner davantage de son village, et que d'ailleurs il ne pouvait plus nous être désormais d'aucune utilité, n'ayant jamais navigué sur le Maranou. Lui-même m'a conseillé de prendre ici même deux bateliers connaissant bien tous les détours du fleuve, et pouvant nous guider à bon port. Pour lui, il va regagner Barcellos par le prochain bateau à vapeur avec son fils, et, de là, il profitera d'une caravane allant au Vénézuéla pour traverser la brousse et revenir jusqu'à l'Orénoque qu'il espère atteindre avant la prochaine saison des pluies.

Lucien opina du bonnet et conclut :

— Tu as tout arrangé pour le mieux, je le constate, et je t'accorde un bon point !

Le reste de la journée fut employé à tout disposer en vue du départ du lendemain. Le chasseur effectua ses derniers achats de vivres, et le chef de l'expédition alla régler le prix des travaux exécutés pour radouber et remettre à neuf *Passe-Partout*, et il ajouta ses remerciements, pour la façon si généreuse avec laquelle l'usine s'était prêtée à ses désirs, en mettant à sa disposition ses meilleurs ouvriers. L'ingénieur-directeur, qui avait tenu à assister, une fois les réparations terminées, à l'essai du moteur, et avait minutieusement examiné jusque dans ses moindres détails l'agencement interne de l'automobile, curieux qu'il était de connaître ce genre de mécaniques qui n'avaient pas encore fait leur apparition à Manaos, l'ingénieur, sensible à ces compliments, voulut absolument retenir les deux Français, et ce fut chez l'industriel qu'ils passèrent leur dernière soirée.

Bien que Manaos soit, comparativement aux autres centres du Brésil, une grande ville très commerçante, l'attention avait été attirée sur l'arrivée du radeau avec son singulier chargement, et la nouvelle s'était répandue des péripéties de son voyage depuis les confins de la Colombie. De nombreux curieux avaient suivi les différentes phases du travail de réparation, et c'est en présence d'une véritable foule que le 20 juin, à cinq heures du matin, l'appareil flottant quitta le quai auquel il était amarré depuis une semaine entière.

Après une dernière poignée de mains échangée avec leur pilote Antonio et avec les Brésiliens dont ils avaient fait connaissance pendant leur séjour à Manaos, les Français embarquèrent, et le comte cria impérativement aux deux aides qui remplaçaient le *topa* et son fils et avaient pris place, l'un au gouvernail, l'autre à l'écoute de la voile.

— En avant !...

Une brise assez sensible ridait la surface des eaux du fleuve ; sous son action, la voile s'arrondit, et le radeau s'éloigna du rivage, acclamé par les spectateurs.

Arrivé au milieu du confluent, qui mesurait près d'une lieue de largeur, l'appareil flottant décrivit un quart de cercle, et commença à filer dans la direction de l'est avec une vitesse de deux lieues à l'heure environ.

Désireux d'augmenter l'allure, Chavail s'occupa immédiatement d'agencer le propulseur.

L'automobile avait été reculée jusqu'aux deux tiers de la longueur des madriers constituant la plate-forme du radeau, pour la rapprocher de l'arrière autant que le souci de conserver la stabilité pouvait le permettre. Aidé de son ami, le comte s'occupa de remplacer l'arbre à cardans, reliant la boîte du changement de vitesse au différentiel, par un arbre creux en acier, de quatre mètres de longueur, qu'il avait emporté démonté en deux tronçons qu'il devait suffire de réunir ensemble par des joints Goubet. Une hélice à trois ailes en bronze fut serrée par deux écrous sur le carré terminant cet arbre de couche, que deux paliers devaient supporter sur son trajet, l'un de ces paliers étant spécialement agencé pour recevoir la poussée de l'hélice et la transmettre au radeau, sans la communiquer aux organes du moteur, suivant la disposition adoptée pour tous les bateaux à vapeur.

L'ajustage, suivant l'inclinaison qu'il convenait de donner à l'arbre pour immerger l'hélice, demanda une partie de la matinée. Enfin il s'acheva, et le chef de l'expédition déclara que cela pouvait aller ainsi et que l'on allait tourner.

— Eh bien, en route !... dit Cordouan, en lançant le moteur d'un seul tour de manivelle.

Les explosions se suivant régulièrement, le comte manœuvra le levier d'embrayage ; aussitôt le propulseur se mit à tourner, l'eau bouillonna à l'arrière et la vitesse s'accéléra très

sensiblement sous cette nouvelle impulsion.
Après avoir observé soigneusement, Chavail
annonça que l'embarcation filait environ quinze
kilomètres à l'heure.

— C'est environ huit fois plus vite que lorsque nous poussions *Passe-Partout* à force de
bras à travers la savane, remarqua Cordouan.

Pendant toute la journée, l'auto-radeau,
comme le jeune chasseur avait appelé ce nouvel
avatar de l'automobile, navigua le long des îles
innombrables qui parsèment le cours du grand
fleuve, longeant tantôt la rive droite, tantôt revenant sur la rive gauche. De nombreux oiseaux
d'eau couraient à la surface des larges feuilles
de la *Victoria regia*, à la recherche des poissons et des petits mollusques dont ils font leur
nourriture. Des perroquets aux couleurs dia-
prées jacassaient dans les bananiers et dans
les cèdres bordant le rivage ; de temps à autre
on apercevait quelques maisons isolées, au centre de vastes pâturages où paissaient des troupeaux de moutons ou de bœufs, et l'on croisait
des bateaux à voiles remontant vers Manaos.
On reconnaissait que l'on traversait des régions
civilisées, et dont l'élevage du bétail et la culture constituait la principale sinon la seule richesse.

Alors que, pendant les heures de forte chaleur, au milieu de la journée, la brise était
presque complètement tombée, elle se releva au
moment du coucher du soleil, et souffla pendant quelques heures avec assez de vigueur
pour accélérer sensiblement la vitesse de l'appareil flottant. A dix heures du soir, à l'instant
où les voyageurs rentraient sous leur tente
pour prendre quelques heures de sommeil, ils
franchirent le confluent de la Madeira, rivière

dont le volume égale celui du Rio Negro, et qui arrive des régions du sud-ouest.

Pendant les deux jours qui suivirent, aucun incident sérieux ne vint égayer la monotonie de cette navigation, et le 24 juin, l'auto-radeau s'arrêta quelques heures à Obidos, ville commerçante située à sept cents kilomètres de l'embouchure de l'Amazone.

Les deux amis descendirent à terre pour remplacer leur provision de pétrole épuisée et se procurer des vivres frais, puis, sans perdre un instant, ils reprirent leur navigation.

Ce fut à une centaine de kilomètres d'Obidos que les Français aperçurent pour la première fois des caïmans. Cordouan était assis à l'avant de la plate-forme flottante, et il tirait nonchalamment des bouffées de fumée bleue d'un énorme *tabacco*, quand il aperçut sur la rive des espèces de troncs d'arbres rugueux qui lui parurent doués de mouvement.

— Est-ce que les arbres auraient des pattes, dans ce pays-ci, murmura-t-il.

— Alligators !... dit laconiquement, à côté de lui, un marinier.

En regardant plus attentivement, le jeune homme reconnut que ce qu'il avait pris, au premier coup d'œil, pour des troncs d'arbres, était en réalité de monstrueux lézards, mesurant cinq mètres de longueur, du bout du museau à l'extrémité de la queue, et qui se chauffaient tranquillement au soleil, en digérant sans doute leurs proies.

— Voilà, par ma foi, de hideux habitants, pour un si beau pays, dit le jeune homme, qui sentit se réveiller en lui tous ses instincts de chasseur. J'ai bien envie de les choisir comme

cibles et essayer mon adresse ; je commence
d'ailleurs à me rouiller.

Mais Chavail, qui était survenu, le dissuada
de son projet.

— Ce ne serait pas prudent, dit-il, et il est
préférable de laisser ces sauriens digérer en
paix. Ne les provoquons pas ; qui sait s'ils
n'essaieraient pas de nous attaquer ?... Or, nous
vois-tu luttant sur cet étroit radeau avec une
bande de ces énormes amphibies essayant de
l'envahir ? Cette pensée me donne le frisson, et
je ne sais trop comment nous nous en tire-
rions malgré nos fusils, car n'oublie pas que
ces animaux ne sont vulnérables qu'à l'œil !

— Justement ! c'est plus difficile, et par conséquent plus tentant. D'ailleurs, nous les dis-
tancerions facilement, ces crocodiles-là, s'ils
manifestaient le désir de nous poursuivre.

— Ne t'y fie pas !... Nous ne marchons d'ailleurs pas très vite, la brise faisant complètement défaut et la voile ne nous servant presque à rien. Et puis, à quoi bon détruire par
plaisir un animal utile, pour la simple gloriole
de donner une nouvelle preuve de ta sûreté de
coup d'œil ?

Cordouan, à ce dernier mot, faillit sauter en
l'air de surprise.

— Le crocodile, un animal utile, ça c'est un
peu fort, par exemple !...

— Certainement, l'alligator ou caïman est un
animal utile, et la preuve est qu'on se livre en
plusieurs endroits à son élevage en grand, pour
éviter que cette race ne disparaisse. Ainsi donc,
en fusillant l'un de ces animaux, il ne serait
pas étonnant de voir surgir leur propriétaire
qui te demanderait de lui rembourser le prix,
comme un paysan beauceron qui réclame le

prix de son âne au chasseur ayant pris maître
Aliboron pour un cerf dix cors !

— Mais qu'est-ce qu'on peut faire de ces
reptiles ?... Ce n'est pas moi, certes, qui me
chargerais de les nourrir et de les mener à la
promenade !

— Leur chair est, paraît-il, très mangeable,
ce qui n'a rien d'étonnant, puisqu'ils ne se nourrissent que de poissons et de proies vivantes, et
leur peau a une réelle valeur pour la maroqui-
nerie et la sellerie. C'est pourquoi, au lieu d'a-
néantir cette race, on la domestique en certains
parcs.

— On les engraisse comme s'il s'agissait de
porcs ou de bœufs, j'ai compris ; mais il faut
que tu m'affirmes le fait pour que je le croie,
tu sais !... Enfin c'est bon, je choisirai un autre
gibier.

Un rauque hurlement de sirène à vapeur cou-
vrit la voix du jeune homme et au détour d'une île apparut un bâtiment de taille
imposante, remontant à grande vitesse le cours
du fleuve. Le radeau lui laissa libre passage en
serrant de plus près la rive droite, et lorsque
le majestueux navire, surchargé de passagers,
les eut dépassés, les voyageurs purent lire sur
son tableau d'arrière son nom en lettres dorées:
l'*Amazonas.*

Les mariniers expliquèrent aux Français que
c'était le bateau à vapeur faisant le service régulier entre le Para et Tabatinga, sur un parcours de 3.200 kilomètres effectué en cinq jours.

De Tabatinga, un autre bateau, de moindre
tirant d'eau, remonte jusqu'à Iquitos, par Nan-
ta, Laguna et Santa-Cruz, soit un trajet de
1.300 kilomètres. Ainsi donc, on pouvait remonter presque jusqu'au pied des Andes, à

4.500 kilomètres de l'Atlantique, grâce à ces bateaux à vapeur.

D'Obidos, le radeau, descendant toujours le
courant, passa devant les villes de Santarem,
Monte-Alegre et Disterva, et Chavail annonça
que l'on arriverait le lendemain 27 juin à Gurupa, situé à l'extrémité de l'immense estuaire
du fleuve qui prenait de plus en plus l'aspect
d'une mer aux eaux jaunâtres. Par endroits, sa
largeur dépassait huit kilomètres, et constamment de nouveaux affluents venaient apporter
leur tribut à cette colossale artère du globe.
Leurs eaux, tantôt blanches, tantôt noires, ou,
pour mieux dire, de teinte foncée, ne se mélan-
geaient à celles formant le volume principal
qu'après plusieurs lieues de parcours. Le chef
de l'expédition apprit à son ami, qui s'étonnait
de le voir ignorer les noms de toutes ces rivières secondaires, dont certaines étaient plus
importantes que la Seine entre le Havre et
Honfleur, que l'on comptait plus de trois cent
cinquante affluents sur les 5.800 kilomètres
de longueur du fleuve, et qu'il était permis, en
conséquence, de ne pas les connaître tous.

— Il doit en verser de l'eau à l'Océan, le fleuve qui nous porte, remarqua le chasseur.

— Cent vingt mille mètres cubes par seconde!
tel est le débit des Amazones, répondit de Chavail. Cet apport est si considérable que le courant se fait encore sentir à plus de trois cents
kilomètres de l'embouchure, où en pleine mer,
alors que la vue n'embrasse que le ciel et l'O-
céan, les eaux sont douces, et non pas salées,
tant est puissant l'effort de refoulement de ce
géant des fleuves !

Le jeune homme hocha la tête admirative-
ment.

— Et une fois arrivés à l'embouchure, qu'est-
ce que nous faisons, nous ?... Continuons-nous
tout droit pour enjamber l'Atlantique et arriver enfin chez nous ?...

— Peste ! tu ne doutes de rien, mon cher Lucien, et tu considères l'Atlantique comme une
simple mare, alors qu'il mesure des milliers de
kilomètres de largeur, et que nous n'avons
qu'une coquille de noix pour franchir cette
énorme distance.

— C'est qu'il y a longtemps que nous de-
vrions être rentrés chacun chez nous ! Tu avais
estimé à trois mois au maximum la durée de
cette randonnée autour du globe. En voilà cinq
déjà d'écoulés, et nous sommes encore au cœur
du Brésil, séparés de l'Europe par tout un
océan !... Je trouve le temps long. Nous ne serons pas de retour à Paris pour le 14 juillet !...

— Certes non ! Nous serons dans trois jours
au Para, et là nous remettrons *Passe-Partout*
sur ses roues pour gagner au plus tôt l'extrémité de la côte américaine la moins éloignée
de l'Ancien Continent. C'est douze cents kilomètres à parcourir par des routes assez médiocres,
et cela nous demandera bien quatre ou cinq
jours, en faisant étape à Macabal, Allègre, Pa-
ranahyba et Ceara. A Natal, ville située près du
cap San-Roque, nous établirons la membrure
de notre chaloupe, et « enjamberons », suivant
ton expression, les quinze cents milles d'océan
qui séparent ce point de la côte d'Afrique la
plus rapprochée.

— Ce qui nous demandera combien de temps
encore ?...

— A la vitesse de sept à huit milles à l'heure,
une huitaine de jours, si aucun incident im-
prévu : tempête, courants sous-marins ou pan-

nes de moteur, ne vient bouleverser ces prévisions.

— Et une fois à la côte d'Afrique ?...

— Nous suivrons les côtes pour arriver, par le Sénégal et le Maroc, au détroit de Gibraltar, soit encore une quinzaine de jours de voyage. Mais une fois le détroit traversé, nous serons, j'espère, au bout de nos peines : nous foulerons alors le sol de l'Europe, et en deux ou trois jours, nous serons chez nous.

Cordouan, pendant que parlait son ami, établissait un calcul mental.

— En résumé, c'est encore plus d'un mois de patience qu'il faut avoir, grommela-t-il. Soit. J'ai encore cette provision, mais, lorsque sonnera la première heure de la première journée du mois d'août, si nous ne sommes pas tranquillement installés dans ta villa de Saint-Germain, je voue ta tête à tous les dieux infernaux. Cela fera six mois de voyage, alors que tu m'avais affirmé qu'il n'en fallait pas plus de trois pour boucler la boucle autour de notre minuscule planète. J'estime que la plaisanterie aura suffisamment duré comme cela...

Le chasseur aurait sans doute continué encore longtemps ses récriminations si une exclamation poussée par l'un des mariniers brésiliens n'était venue brusquement l'interrompre.

Il était environ six heures du soir ; le soleil déclinait à l'horizon occidental, légèrement voilé par des nuées vaporeuses flottant à une très grande hauteur dans l'atmosphère. Depuis quelques heures, une brise du nord-est s'était élevée, contrariant la marche de la lourde construction flottante, et les vagues, qui jusqu'alors clapotaient doucement contre les flancs de la plate-forme, augmentaient petit à petit d'am-

plitude, imprimant au radeau un balancement
rythmique de plus en plus accentué. On venait
de doubler la pointe d'une grande île, formant
un cap très rapproché de la rive gauche, et il
s'agissait de traverser l'Amazone, large en cet
endroit de plus de douze kilomètres, pour atteindre Gurupa située sur la rive opposée.

Le cri du batelier avait donc brusquement
coupé la tirade de reproches de Cordouan. Celui-ci se redressa et se rapprocha de l'homme
qui, le regard fixe, les sourcils abaissés pour
concentrer son regard sur un point de l'horizon, paraissait en proie à une grave inquiétude.

— Eh bien !... qu'est-ce que c'est ?... Qu'y
a-t-il ?... demandait, en même temps que lui,
le chef de l'expédition.

— *Pororaca !...* répondit brièvement l'homme sans quitter de l'œil l'horizon d'est.

Le comte pâlit légèrement.

— Le pororaca ! répéta-t-il sourdement.
Vite à la rive, alors, ou nous sommes perdus !...

— M'expliqueras-tu ce que c'est que ce *poi-
reauraca ?* fit Cordouan. Encore une tuile, bien
sûr !...

— C'est le mascaret de l'embouchure de
l'Amazone, répondit Chavail, et d'après ce que
je t'ai dit de l'importance du débit de ce fleuve,
tu peux deviner ce que doit être sa puissance.
Si le mascaret anodin de la Seine est capable
de couler des barques, tu dois te douter de ce
que ce phénomène peut présenter d'intensité
ici ! A certaines époques de grandes marées,
l'Océan, au lieu de monter en six heures, atteint en quelques instants sa plus grande élé-
vation. La marée s'engouffre donc dans cet estuaire vaste comme une mer, et refoule devant

elle les eaux de l'Amazone avec une vitesse formidable, en formant une barre de plus de cinq
mètres de hauteur qui roule d'une rive à l'autre, et remonte le cours du fleuve pendant plus
de trois cents kilomètres. L'effet de la marée
se fait d'ailleurs sentir jusqu'à Obidos, à sept
cents kilomètres.

— Diable, et tu crois que nous allons être
les victimes de ce phénomène ?...

— Espérons que nous pourrons gagner à
temps la rive et nous abriter ; nous en serons
quittes pour une douche. Mais si le mascaret
nous atteint au large, il y a bien des chances
pour que nous soyons perdus sans rémission,
et noyés dans ces remous désordonnés.

— La perspective manque de charmes. Vite
donc à la rive, vite !...

— Trop tard !... murmura le jeune homme.
Ecoute !...

Une rumeur, indistincte encore, traversait
l'espace, et l'on sentait arriver, par delà l'horizon, le troupeau bondissant des vagues en fu-
rie. Ce murmure grandissait de seconde en seconde, et bientôt on put distinguer, à l'extrême
limite où portait la vue, une mince ligne ar-
gentée formant comme trait d'union entre les
deux rives, dont la plus proche du radeau
était encore éloignée de plus d'une lieue. Cette
ligne brillante avançait avec la vitesse d'un
train express, et avant quelques minutes elle
allait heurter le radeau qui sombrerait infail-
liblement sous le choc avec son chargement.

Les bateliers terrifiés s'étaient laissés tomber
sur la plate-forme, et se tordaient les bras avec
désespoir.

Les Français, un peu pâles, s'étaient rappro-
chés l'un de l'autre et s'étreignaient les mains

sans parler. Autour d'eux, les vagues et la mort...

A mesure qu'il se rapprochait, l'énorme rouleau d'eau prenait des proportions plus gigantesques, et son rapprochement produisait une chasse d'air énergique, un véritable mistral qui nivelait la surface du fleuve. Bientôt, il se dressa comme une colossale muraille verdâtre, de près de cinq mètres de hauteur, suivi à quelque distance d'une seconde ondulation de moindre puissance.

Chavail tourna autour de lui un regard éperdu pour découvrir une chance de salut, mais il ne distingua rien qu'un remous causé par un de ces amas de bois flotté qui embarrassaient fréquemment le lit du fleuve. Avec l'énergie que donne l'instinct de conservation au noyé, il s'accrocha, sans avoir la conscience de son acte, aux ferrures de l'automobile...

Avec le fracas du tonnerre, le mascaret passa...

Saisi par la vague colossale, le radeau se dressa verticalement sur la crête écumante et il disparut dans le bouillonnement de la cataracte. On n'entendit pas un cri dans le fracas des éléments déchaînés. Le pororoca était passé, pour porter plus loin dans les terres ses ravages et ses fureurs.

FIN DU TOME TROISIÈME

TABLE DES MATIERES

Chapitres		Pages
XVI.	Aigrefin et Arriviste............	7
XVII.	Le Pont de Lianes...............	23
XXIII.	Une Fête à Santa-Fé de Bogota......	41
XIX.	La Grande Panne................	65
XX.	A Travers la Forêt Vierge..........	84
XXI.	Douze cents kilomètres sur un radeau	102
XXII.	Les Robinsons d'eau douce.........	122
XVIII.	Le Fleuve des Amazones...........	141
XXIV.	Le Pororaca....................	162

Grande Imprimerie de Troyes, 128, rue Thiers

EXTRAIT DU CATALOGUE

ROMANS DIVERS

	71	Stephen Lemonnier. — A travers le Bonheur	1 v.
	78	Vincent Huet. — La Vierge des Beni-Amer.	1 v.
79	80	M. Audouin. — Le Fiacre sanglant.........	2 v.
81	82	Millanvoye et Etiévant. — La belle Espionne	2 v.
83	84	H. Le Verdier. — La Faute d'Aimée........	2 v.
	85	Paul Vernier. — Stepann le Nihiliste......	1 v.
86	87	— La Vengeance du Bâtard..	2 v.
	88	H. Buffenoir. — Le député Ronquerolle....	1 v.
89	90	G. Dujarric et B. Guyot. — Amours de Prince	2 v.
91	92	Louis de Vaultier. — M'amour............	2 v.
	93	H. Le Verdier. — L'Enjôleuse.............	1 v.
94	95	Th. Cahu. — Le Roman d'une grande dame	2 v.
96	97	— La Maîtresse du notaire......	2 v.
98	99	— Madame et Monsieur.........	2 v.
100	101	D. Riche. — L'article 340...............	2 v.
	102	Joseph Montet. — L'amour tragique........	1 v.
	103	H. Buffenoir. — Le Roman de sœur Marie..1	v.
	104	G. Gane. — Le crime de Clamart..........	1 v.
105	106	L. Lafargue. — Luttes d'amour...........	2 v.
107	108	E. Ducret. — Chignon d'or...............	2 v.
	109	P. Grendel. — Le Roman d'une fille du peuple	1 v.
	110	— Le Roman d'une libre-penseuse	1 v.
111	112	A. Dubuc. — Le Crime du cours St-Vincent	2 v.
113	114	Chincholle. — Le Crime du garçon coiffeur.	2 v.
	115	A. et S. Lemonnier. — Une Mère d'actrice.	1 v.
116	117	Vincent Huet. — Les Bandits algériens....	2 v.
118	119	Théodore Cahu. — Une Duchesse amoureuse	2 v.
	120	Ch. Bérard. — Mariage de l'Abbé Violette.	1 v.
	121	André Valdès. — La Vengeance de Lélia...	1 v.
	122	P. Grendel. — Ma mie Georgette..........	1 v.
		Vincent Huet. — *Aux Chasseurs d'Afrique :*	
	123	Pepita................	1 v.
	124	La Patriote d'amour........	1 v.
	125	— Un Fakir Arabe............	1 v.
	126	P. Grendel — Le Journal d'une Jeune Fille.	1 v.
	127	Etiévant. — Martyre du Cœur.............	1 v.
		A. Baratier. — *Le Trésor de Barbiche :*	
	128	Devant l'Ennemi....................	1 v.
	129	Tragique Idylle....................	1 v.
	130	L'Or Allemand...................	1 v.

EXTRAIT DU CATALOGUE

ROMANS DIVERS

71 Stephen Lemrahier. — A travers le Bonheur 1 v.
Vincent Huet. — La Vierge des Beni Amar. 1 v.
80 M. Audebin. — Le Fiacre sanglant. 2 v.
82 Millanvoye et Etiévant. — La belle Espionne 2 v.
84 H. Le Vernier. — La Faute d'Aimée. 2 v.
85 Paul Vernier. — Stepanu le Nihiliste. 1 v.
87 — La Vengeance du Bâtard. 1 v.
88 H. Bellenoir. — Le député Ronquerolle 1 v.
89 90 G. Dujarric et R. Guyot. — Amours de Prince 2 v.
91 92 Louis de Vaultier. — M'amour 2 v.
93 Le Verdier. — L'Enjôleuse. 1 v.
Th. Cahu. — Le Roman d'une grande dame 2 v.
96 97 — La Maîtresse du notaire 2 v.
98 99 — Madame et Monsieur. 2 v.
100 101 D. Riche. — L'article 340. 2 v.
102 Joseph Montet. — L'amour tragique. 1 v.
103 H. Bellenoir. — Le Roman de sœur Marie. 1 v.
104 G. Cane. — Le crime de Clamart. 1 v.
105 106 L. Lafargue. — Luttes d'amour 2 v.
107 108 E. Ducret. — Chignon d'or. 2 v.
109 P. Grendel. — Le Roman d'une fille du peuple 1 v.
110 — Le Roman d'une libre penseuse 1 v.
111 112 A. Dubuc. — Le Crime du cours St Vincent 2 v.
113 114 Chincholle. — Le Crime du garçon coiffeur. 2 v.
115 A. et S. Lemonnier. — Une Mère d'actrice. 1 v.
116 117 Vincent Huet. — Les Bandits algériens. 2 v.
118 119 Théodore Cahu. — Une Duchesse amoureuse 2 v.
120 Ch. Bérard. — Mariage de l'Abbé Violette. 1 v.
121 André Valdès. — La Vengeance de Lélia. 1 v.
122 P. Grendel. — Ma mie Georgette 1 v.
Vincent Huet. — *Aux Chasseurs d'Afrique* :
123 — Pepita 1 v.
124 — La Patriote d'amour. 1 v.
125 — Un Fakir Arabe. 1 v.
126 P. Grendel — Le Journal d'une Jeune Fille. 1 v.
127 Etiévant. — Martyre du Cœur. 1 v.
A. Baratier. — *Le Trésor de Barbiche* :
128 — Devant l'Ennemi 1 v.
129 — Tragique idylle. 1 v.
130 — L'Or Allemand. 1 v.

EXTRAIT DU CATALOGUE

ROMANS D'AVENTURES

515 516 W. de Fonvielle. — Aventures d'un chercheur
d'or au Klondike...... 2 v.
517 Edgar Poë. — Aventures extraordinaires d'Arthur
Gordon Pym .... 1 v.
518 519 — Contes extraordinaires.......... 2 v.
520 Henri Renou. — Mystères du Grand Chaco.... 1 v.
521 — L'Or du Gambusino.......... 1 v.
522 Bret-Harte. — Prisonniers des neiges .... 1 v.
523 J. Monti. — Quand j'étais Bandit............ 1 v.
524 A. Beul. — Mes Aventures à bord et à terre.... 1 v.
G. Guitton-Lerouge. — *La Princesse des airs:*
525 En Ballon dirigeable...................... 1 v.
526 Les Robinsons de l'Hymalaya............. 1 v.
527 De Roc en Roc........................ 1 v.
528 Chez les Bouddhas...................... 1 v.
W. de Fonvielle. — *Les Aéronautes Français
au Transvaal:*
529 En plein ciel........................... 1 v.
530 Autour du lac Tchad .... 1 v.
531 Chez les Boers........................ 1 v.
Guy-Brand. — *Le Cavalier sans tête :*
532 Maurice le Mustanger.................... 1 v.
533 Lora la Comanche...................... 1 v.
534 La Précaution fatale..................... 1 v.
535 L'Héritage du Flibustier................. 1 v.
541 H. Rainaldy. — Les Aventures d'une Mousmé. 1 v.
542 — Les Mystères de Séoul........ 1 v.
543 544 L. Greiner. — La Guerre Russo-Japonaise. 2 v.
546 Gaston Rayssac. — Les Pirates Océaniens.... 1 v.
547 — Le Trésor des Incas........ 1 v.
548 — Les Libertadores.......... 1 v.
549 Noël Amaudru. — Deborah.............. 1 v.
550 K. de Grafigny. — Aventures d'un Aéronaute.. 1 v.
551 — Dix mille kilomètres en ballon. 1 v.
Hector France. — *Un Parisien en Sibérie :*
552 Le Tueur de Cosaques................. 1 v.

EXTRAIT DU CATALOGUE

PETITE BIBLIOTHÈQUE AGRICOLE PRATIQUE

Publiée sous la direction de J. RAYNAUD

Directeur de l'École pratique d'Agriculture de Fontaines
(Saône-et-Loire)

601 J. Raynaud. — Le Sol et les Engrais......... 1 v.
602   —   Matériel et Travaux de Culture 1 v.
603 L. George. — Les Cultures et leurs Ennemis... 1 v.
604 A.-E. Hilsent. — La Viticulture............... 1 v.
605 P. Granger. — Le Jardin de la Ferme.......... 1 v.
606   —   Fleurs et Plantes d'agrément... 1 v.
607 Ch. Billon. — Vins et Eaux-de-vie............ 1 v.
608 Aug. Eloire. — Le Cheval..................... 1 v.
609 Ch. Seltensperger. — Chevaux, Bœufs et Vaches 1 v.
610 Ch. Rolland. — Moutons et Porcs.............. 1 v.
611 Aug. Eloire. — Les Maladies du Bétail........ 1 v.
612 V. Houdet. — Lait, Beurres et Fromages....... 1 v.
613 R. Hommel. — Manuel d'Apiculture............. 1 v.
614 D. Zolla. — Économie rurale.................. 1 v.
615 P. Zipcy. — Aviculture et Pisciculture....... 1 v.
616 Amédée Gouillon. — Législation agricole...... 1 v.

Un volume broché......... **0 fr. 20**
    —   cartonné....... **0 fr. 35**

EXTRAIT DU CATALOGUE

MANUELS UTILES

701 702 M. Decrespe. — *Electricité*, applications domestiques et industrielles.......... 2 v.

703 H. de Graffigny. — Le jeune Electricien amateur 1 v.

704 L. Tranchant. — Manuel du Photogr. amateur.. 1 v.

705 H. de Graffigny. — Manuel du Cycliste........ 1 v.

706 Audran. — Traité de danse. — Cotillon........ 1 v.

707 — Traité de politesse. — Les Usages et le Savoir-vivre.................. 1 v.

708 M. Decrespe. — Le petit Cycliste amateur...... 1 v.

709 Pierre Deloche. — Traité de pêche à la ligne... 1 v.

710 Madame X... — Cuisinière des petits ménages.. 1 v.

711 E. Ducret. — Pâtissière des petits ménages.... 1 v.

712 — Boissons et Liqueurs économiques des petits ménages............ 1 v.

713 — Recettes économiques des petits ménages.................... 1 v.

714 L. Tranchant. — Le petit Jardinier amateur... 1 v.

715 A. Ducos du Hauron. — Photographie des couleurs 1 v.

716 E. Ducret. — Le Secrétaire enfantin........... 1 v.

717 — Le Secrétaire des Cœurs aimants.. 1 v.

718 — Le Secrétaire pour tous.......... 1 v.

719 G. Albert. — Manuel du Pâtissier-Biscuitier... 1 v.

720 E. Ducret. — Manuel complet de Cuisine...... 1 v.

721 J. Quillon. — Manuel de Gymnastique........ 1 v.

722 H. de Graffigny. — Manuel pratique du Conducteur d'Automobiles.............. 1 v.

723 Ch. Lafont. — Le Livre d'or des Ménages.. v.

COLLECTION A.-L. GUYOT

PARIS. — 51, rue Monsieur-le-Prince, 51 — PARIS

ROMANS D'AVENTURES

Th. Cahu. — Une Fortune dans les Nuages.............. 2 vol.

— Les Naufragés du Ciel................... 1 vol.

— L'Ile désolée........................... 2 vol.

P. de Sémant. — *Aventures de Dache :*

Le Perruquier des Zouaves................. 1 vol.

Le Sergent Dache.......................... 1 vol.

Vincent Huet. — Le Disparu..................... 1 vol.

— Les Cavernes de Hall el Oued......... 1 vol.

G. Guitton et **Lerouge.** — La Conspiration des Milliar-

daires........................ 2 vol.

— A coups de Milliards........... 2 vol.

— Le Régiment des Hypnotiseurs 2 vol.

— La Revanche du Vieux-Monde 2 vol.

Capitaine Marryat. — Le Vaisseau Fantôme........... 2 vol.

— Le Spectre de l'Océan............. 2 vol.

W. de Fonvielle. — Aventures d'un chercheur d'or au

Klondike.......................... 2 vol.

Edgard Poë. — Aventures extraordinaires d'Arthur

Gordon Pym .... 1 vol.

— Contes extraordinaires............. 2 vol.

Henri Renou. — Les Mystères du Grand Chaco........ 1 vol.

— L'Or du Gambusino .... 1 vol.

Bret-Harte. — Prisonniers des Neiges................ 1 vol.

Chez tous les libraires : 0 fr. 20. — Franco-poste : 0 fr. 25

ALGÉRIE, COLONIES ET ÉTRANGER : 25 CENTIMES (Port en plus)